KB199663

헌법재판관 문형배 이야기

느티나무 재판관

헌법재판관 문형배 이야기

느티나무 재판관

고은주 글 · 김우현 그림

문학세계사

소년은 성장하고, 어른은 길을 낸다

"진주를 비롯한 하동, 산청, 함양, 합천 시청자 여러분!"

마이크 앞에서 이렇게 인사를 하던 시절이 있었다. 진주 MBC 뉴스 앵커로 서부 경남 소식을 전하고, 리포터로 그 지역을 누비던, 오래전 일이다.

언제부턴가 그곳의 훈훈한 소식들이 들려와 내 마음 어딘가에 조용히 내려앉았다. 그때도 이름 정도는 알고 있었던, 어쩌면 바로 곁을 스쳐 갔을지도 모를 사람들이 엮어낸 놀라운 이야기들. 그 속에서 나는 진주 사람들의 얼굴을 떠올렸다. 지리산 자락으로 섬진강 강변으로 촬영을 나가면 신기한 듯 옆에서 구경하던 아이들의 얼굴도.

"오늘 학교에서 다 같이 대통령 탄핵 방송을 봤어."

아들이 말했던 날. 헌법을 이야기하고, 김장하 선생님에 대해서 이야기했다. 더 깊고 넓은 이야기로 나아가고 싶었지만, 이 나라의 고등학생은 늘 고단하고 시간이 없었다.

그렇게 힘들게 대학을 간 딸들도 얼굴 보기 힘들 만큼 바쁜 직장인이 되었다. 그래도 작은딸은 퇴근길에 심야 영화 보고 나오다가 헬기 소리를 듣고 국회로 달려갔고, 큰딸은 퇴근 후에 아이돌 응원봉을 들고 거리로 나섰다가 외신 기자와 인터뷰도 했다.

우리 사회가 지난 몇 달간 정신없이 급박하게 돌아가는 동안, 우리는 저마다 치열하게 무언가를 했다. 그게 뭐였는지, 무엇을 남겼는지, 그 의미가 뭔지, 그것을 통해 무엇을 펼쳐나갈 것인지, 이제는 차분하게 이야기할 때가 된 것 같다는 생각이 들었다.

그래서 참으로 오랜만에 하동으로 취재를 떠났다. 어느 청렴한 재판관의 고향 마을을 찾아서 굳게 닫힌 대문 앞을 서성거리고, 그가 좋아했다는 커다란 느티나무 아래에 한참을 서 있다가, 그의 모교인 국민학교가 있던 자리와 생태 공원으로 변한 그의 중학교에도 가 보았다. 그대로 남아 있는 것, 변한 것, 없어지고 텅 빈 자리가 제각각 내게 전해 주는 사연에 오래 귀 기울여 보았다.

모성마을회관 앞에서 지나가는 사람마다 붙들어 예전 생활상을 묻고, 북천초등학교 교무실에 불쑥 들어가 선생님들께 인사드리고, 북천역 열차 카페에서 커피를 마시며 바리스

타와 대화를 나누는 동안, 이 재판관의 이야기를 누구의 시선에서 펼쳐 놓을지 감이 잡혔다. 북천면사무소에 죽치고 앉아 그곳에 드나드는 사람들과 하동 딸기를 나눠 먹으며 수다를 떨다 보니, 이야기의 시점은 현재여야 한다는 확신이 들었다.

그 과정에서, 재판관 본인을 직접 인터뷰를 하라는 제안도 많이 받았다. 지역과 연배가 겹치는 면이 많아서 어떻게든 연결은 될 수 있었겠지만, 나는 일부러 그렇게 하지 않았다. 다큐멘터리나 위인전을 쓰고 싶지 않았기 때문이다.

무엇보다도 나는, 훌륭한 실제 인물이 아니라 평범한 상상의 인물이 주인공이 되는 이야기를 쓰고 싶었다. 김장하 선생님이 소년 문형배에게 그러했듯이, 문형배 헌법재판관이 우리에게 그러했듯이, 장차 우리도 누군가에게 좋은 영향을 미치는 사람이 되기를 바라면서, 우리 모두가 주인공이 될 수 있는 이야기를 쓰고 싶었다.

혹자는 '김장하 선생님의 훌륭함은 검증되었지만 문형배 재판관은 아직 검증의 시간 안에 있는 인물이 아닌가?'라는 의문을 품을 수도 있겠다. 거듭 말하거니와 이것은 위인전이 아니다. 한 소년의 성장기이며, 그 소년을 바라보며 성장해 가는 또 한 소년의 이야기이다.

문 재판관의 지인들 중에는 인터뷰 요청에 난색을 표하거나 불편한 기색을 보이는 이들도 있었다. 처음엔 의아했지만, 더 많은 지인들을 만나는 과정에서 그것이 그의 청렴함에서 비롯된 반응임을 알 수 있었다. 재판과 관련해서는 어떤 청탁도 받지 않고, 친구가 생일 선물로 보낸 커피 쿠폰마저 돌려보냈다는 일화는 그 청렴함이 단지 평판이 아님을 말해준다.

지난 몇 달간의 치열한 시간을 돌아보며 차분히 이야기 나누는 방법으로, 나는 늘 그래왔듯 기억과 서사의 글쓰기를 선택했다. 그 글의 형식은, 시국에 지친 모든 이들의 몸과 마음에 휴식이 될 수 있는 것이었으면 했다. 그래서 이 이야기는 '어른을 위한 동화'가 되었다. 동화를 벗어나는 청소년만 되어도 피곤해지는 우리 사회에 느티나무 그늘 같은 책 한 권이 되었으면 한다.

가난은 삶을 막지 못했고, 책은 사람을 바꾸었으며, 법은 끝내 따뜻해질 수 있었다. 80세가 넘으신 김장하 선생님의 맑은 얼굴처럼, 민들레 꽃씨들이 날아가듯 퍼져나간 그분의 마음처럼, 믿어지지 않지만 분명히 존재하는 우리 시대의 동화를 나누고 싶다. 세상이 궁금한 청소년들, 새로운 세상을 열어가는 청년들, 그리고 새로운 꿈을 꾸는 어른들과 함께.

감사의 인사를 올려야 할 분들이 많다. 모성마을의 유예순 이장님과 오성토건(주) 최오근 이사님, 북천면사무소의 정두섭 면장님과 손형식 부면장님은 이 동화의 세부묘사에 큰 도움을 주셨다. 문형배 재판관의 초중고 동창들, 그리고 익명으로 남기를 원한 여러 하동 군민들은 작품에 따뜻함을 불어넣어 주셨다. 문 재판관의 모교인 대아고등학교 재경 총동문회장으로 이 동화의 첫 문단을 열어 주신 이태연 시인께는, 그 문장들만큼이나 깊은 마음으로 감사드린다.

2025년 초여름, 고은주

□차례

TV에 나온 내 친구

아라비아 숫자 1을 보면 내 마음속 영원한 1등인 친구가 생각난다. 공중화장실 옆 사로에 키 크고 비쩍 마른 사람 다가오면 한 번 더 쳐다보게 된다. 혹시나 하고.

"사장니임…… 테레비 좀 키도 되지예?"

높고 하얀 셰프 모자를 쓴 주방장이 내게 묻는다. 평소에 잘 쓰지 않는 부산 말투로 콧소리까지 섞어서 부탁을 하니 웃음을 터뜨리며 고개를 끄덕일 수밖에.

"일찍부터 나와서 준비하더니, 그거 때문이었어요? 준비 다 끝났으면 보세요."

내 말이 끝나자마자 앞치마를 두른 주방 직원들이 뛰어나온다. 주방장이 TV를 켜자 어김없이 헌법재판소 대심판정의 모습이 화면에 나타난다.

내가 지금 TV 시청을 허락하지 않으면, 직원들은 각자의 스마트폰으로 뉴스 생방송에 접속한 뒤 이어폰을 꽂은 채 건성으로 일을 하게 될 것이다. 이 순간 우리나라 국민은 모두 이렇게 TV나 스마트폰을 통해 헌법재판소의 결정을 기다리고 있을 것이 분명하다.

2025년 4월 4일 오전 11시.

예약 전화를 받고 있던 매니저와 테이블을 정리하던 서빙 직원들까지 서둘러 저마다의 일을 마치고 TV 앞으로 모여들었다. 나도 자석에 이끌리듯 직원들 옆으로 다가선다. 12시부터 식당 문을 열 것이니 시간은 충분하다.

"지금부터 2024헌나8 대통령 윤석열 탄핵 사건에 대한 선고를 시작하겠습니다."

마침내 결정문 낭독이 시작되었다. 문형배 헌법재판소장 권한 대행의 모습이 TV 화면에 크게 잡힌다. 보고 싶은 내 친구, 문형배. 온 국민이 주목하는 사건에 대한 결론을 내리기 위해 그가 헌법재판관 8명의 중심에 앉아 있다.
'저 사람이 내 친구야!'
오늘도 나는 외치고 싶다. 지난 3개월 동안 수시로 그렇게 외치고 싶었다. 지금 우리나라의 혼란스러운 상황을 정리할 수 있는 헌법. 그 헌법을 다루는 최고의 위치에 있는 저 사람이 바로 내 친구라고.

우리 손으로 뽑은 대통령을 그 자리에서 내려오게 할 것인가 말 것인가에 대한 탄핵 심판은 한동안 나라를 들썩이게 했다. 두 달 가까이 변론이 진행되는 동안 사람들은 TV 앞에 수시로 모여들었다. 나는 식당 영업을 준비하는 동안 심판 생중계 방송을 틀어 놓기도 했고, 손님들의 요구로 그날의 심판 내용을 요약해서 방송하는 뉴스를 찾아 주기도 했다.
손님들이 식사를 하는 동안 아름다운 자연 풍경을 보여 주었던 모니터에는 헌법재판소 대심판정의 모습이 수시로 펼쳐졌다. 그때마다 내 친구 형배의 얼굴도 화면에 보였다. 물론 심판 중에는 헌법재판관들이 번갈아서 대통령 측이나 국회 측에 질문을 했다. 그때도 형배는 가운데에 앉아서 심판 진행을 이끌었다.
그렇게 두 달 동안 열한 번의 변론을 마친 뒤, 헌법재판관들이 한 달 넘게 토론하는 평의를 거쳐 마침내 오늘 최종 선고를 내리게 된 것이다.

"먼저, 적법 요건에 관하여 살펴보겠습니다. 이 사건 계엄 선포가 사법 심사의 대상이 되는지에 관하여 보겠습니다."

국민학교 국어 시간에 선생님이 교과서 낭독을 시키면 가장 잘 읽었던 그때처럼, 내 친구 형배는 또박또박 결정문을 읽어가고 있다.

　대통령이 계엄 선포를 한 것은 지난겨울의 일이었다. 국민의 권리를 제한하는 비상계엄이라는 것은 국가의 위기 상황에서 선포되어야 하는데, 대통령은 지금이 그런 때라고 판단한 것이다. 하지만 국민을 대표하는 국회의원들은 빠르게 모여서 비상계엄 해제요구를 결의했다. 그리고 이어서 대통령을 탄핵 심판에 넘겼다.

　대통령의 비상계엄 선포가 잘못된 것인지, 그것이 대통령을 탄핵할 만큼 중대한 것인지, 판단을 내려 주는 곳은 헌법재판소였다. 국민의 인권을 가로막거나 국가의 법 체계를 어긴 것을 헌법에 따라 심판하는 곳이 헌법재판소였다. 개인의 권리가 부딪칠 때 해결하는 민법이나 범죄자에게 형벌을 내리는 형법 등과 달리 헌법은 국가의 기본 법칙으로서 사회 질서의 지침을 내려 주는 역할을 하고 있었다.

　지난 3개월 동안, 탄핵 심판을 지켜보면서 새삼 찾아본 헌법과 헌법재판소의 역할은 그랬다. 겨울이 가고 봄이 오는 그동안, 우리 식당의 직원들도 중간에 말다툼까지 하면서 재판에 관심을 보였다. 국민 모두가 그랬다. 대통령을 탄핵해야 한다면서 아이돌 응원봉을 들고 나선 젊은이들도 있었고, 대통령을 함부로 끌어내려서는 안 된다고 걱정하며 거리로 나온 어르신들도 있었다.

헌법재판관들의 평의가 길어지자 국민들 사이의 갈등은 더욱 커져가는 것 같았다. 누군가 그러한 상황을 정리해야만 했다. 그것은 결국 헌법이 해야 할 일이었다. 무엇보다도 헌법에는 사회 통합 기능이 있었다. 국민의 인권을 보장하고, 정의가 실현되게 하며, 정치적으로 단합되게 하는 기능. 그러므로 형배가 지금 읽고 있는 결정문은 우리 사회 전체를 향해 던지는 메시지와도 같다.

"다음으로 피청구인이 직무 집행에 있어 헌법이나 법률을 위반하였는지, 피청구인의 법위반 행위가 피청구인을 파면할 만큼 중대한 것인지에 관하여 살펴보겠습니다."

재판의 피청구인인 대통령의 행위들을 하나하나 살펴서 말하는 형배의 목소리는 또렷하다. 국민들이 실시간으로 지켜보는 긴장된 상황인데도 무심한 듯 또박또박 말하는 태도가 어릴 적과 똑같다.

어려운 법률 용어들로 이루어진 긴 문장들이지만 이해하기 쉽게 귀에 들어오는 까닭은, 내용에 맞게 끊어 읽고 중요한 단어는 강조해서 읽어 주기 때문일 것이다. 어릴 적부터 책을 유난히 좋아해서 '책밖에 모리는 아아'였던 형배. 교과서에서 이해가 되지 않는 부분을 물어보면 알기 쉽게 설명해 줬던 형배. 그렇게 쌓아 올린 독서량과 배려심이 지금 결정문 낭독에서도 드러나고 있다.

고향 말투를 꾹꾹 눌러가며 발음하는 덕분에 더욱 차분하게 들리는 그의 목소리를 따라서 나는 속절없이 어린 시절의 추억 속으로 빠져든다. 가난하지만 행복했던 그 시절. 느티나무 아래에서 함께 책을 보면서, 느티나무 너머의 넓은 세상을 함께 꿈꾸었던 내 친구 형배……

달빛 아래의 아이

우리나라 지도의 아래쪽을 살펴보면, 동쪽의 경상남도와 서쪽의 전라남도를 구분하며 지리산 아래에서 남해로 흘러 가는 섬진강이 보인다. 그 섬진강의 동쪽이 하동군이다. 하 동(河東), 이름 그대로 강의 동쪽인 그곳이 우리의 고향이다.

그러나 지리산도 남해도 섬진강도 그 시절 우리에게는 멀 기만 했다. 쌍계사 십리벚꽃길도 청학동 마을도 화개장터도 하동군에 속하지만 전설처럼 멀었다. 1965년에 태어난 우리 는 마을을 벗어나기가 쉽지 않았다.

우리 모성마을이 있는 북천면은 그저 평범한 산촌이었다. 그 시절에는 모두가 가난했다고들 하지만 산촌에서 농사를 지으며 살아가는 우리 마을은 더욱 가난했고, 형배네 집은 더더욱 가난했다. 그래도 우리는 들판에서 뛰놀고 산자락을 오르면서 즐겁게 어린 시절을 보냈다.

어른들은 마을 앞 들판은 물론이고 마을 뒤쪽 산자락에도 밭을 일구어 부지런히 농사를 지었다. 벼, 보리, 밀, 배추, 무,

고추…… 계절 따라 달라지는 논밭의 모습은 우리에게 친구 같았다. 연둣빛으로 자라서 초록으로 빽빽해지다가 황금빛으로 물드는 친구.

요즘처럼 농기계가 발달한 시절이 아니었기에 어른들은 힘들게 농사일을 했지만 아이들은 그저 행복하기만 했다. 동생이 없는 나는 형배가 동생들을 돌볼 때 도와주는 것도 재미있었다. 형배는 어린 동생들을 다정하게 챙겨 주었고, 나는 형배의 동생들에게 장난을 치면서 놀아 주었다.

가난하고 고달프지만 그래도 마냥 즐거웠던 유년 시절이었다. 형배는 얌전한 성격이었고, 까불기 좋아하는 내가 웃기는 행동을 하면 항상 환하게 웃어 주었다. 우리 마을 입구에는 오백 살이 넘었다는 느티나무가 있었다. 밑동부터 몇 갈래로 겹쳐진 거대한 나무줄기는 어른 서너 명이 양팔을 벌려도 다 껴안을 수 없었다. 나는 그 커다란 나무에 올라가고 싶었지만 매번 밑동에서부터 미끄러졌다. 그때마다 형배는 웃으면서도 나를 걱정하고 나무를 걱정했다.

"거 올라가서 머 할라꼬? 자꾸 그라믄 나무가 힘들잖아."

느티나무를 지나 마을을 벗어나면 어떤 세상이 우리를 기다리고 있을지, 나는 늘 궁금했다. 그런 생각을 하며 내가 느티나무 너머를 바라볼 때면, 형배는 나무를 올려다보거나 잎과 줄기를 유심히 살펴보고 있었다.

국민학교에 들어가 교과서를 받아오면서부터 시작된 책에 대한 애착은 형배와 나를 더욱 끈끈하게 묶어 주었다. 마을 들판 너머에 있는 신흥국민학교에는 낯익은 얼굴들도 많았고 처음 보는 얼굴들도 많았다. 나는 여전히 형배와 함께 다녔다.

"이따가 정자나무로 와라."

사람들은 느티나무를 정자나무라고 불렀다. 가지마다 잎새가 우거지면 정말 커다란 정자의 지붕처럼 그늘을 만들어 주는 나무였다. 등하굣길을 함께 하고 학교에서 쉬는 시간에도 붙어 지냈지만 계속 같이 놀고 싶어서 나는 늘 형배를 그곳으로 불러냈다.

학교에 들어간 뒤로 형배는 느티나무 아래서 교과서를 펼쳐 놓고 있을 때가 많았다. 교과서 속의 글자들을 씹어먹듯 몰두하는 형배의 등에는 여동생이, 무릎에는 남동생이 매달려 있곤 했다. 내가 나타나면 동생들이 내게로 와서 매달렸고, 형배는 더욱 교과서를 파고들었다.

교과서 속에는 세상이 있었다. 국어 교과서로 차근차근 한글을 떼고 나자 여러 과목의 교과서가 우리를 또 다른 세상으로 이끌었다. 국어, 산수, 사회, 자연, 바른생활…… 과목마다 새롭고 재미있는 이야기와 함께 세상의 모습을 그린 그림들이 있었다. 먼 곳을 보려고 굳이 느티나무에 올라갈 필

요가 없었다. 더 멀고 넓은 세상이 교과서 안에 있었다.

"느그 아부지 부산 다녀올 때 사오셨다. 중고 책방에서 구했다는데, 새 책 같제?"

어느 날 엄마가 책 한 권을 불쑥 내밀었다. 표지에 『이솝 우화』라는 제목이 적혀 있었다. 여우와 두루미가 식탁에 마주 앉은 모습을 그린 표지 그림이 신기했다. 교과서가 아닌 책을 나는 그때 처음 보았다.

느티나무의 잎들이 짙은 주황색으로 곱게 물들어가던 때였다. 나는 책을 들고 형배네 집으로 뛰어갔다. 개미와 배짱이, 토끼와 거북이, 시골 쥐와 도시 쥐, 양치기 소년과 늑대…… 거기에는 놀라운 이야기의 세계가 있었다.

그 세계와 함께 우리는 자랐다. 새봄에 돋아나는 여린 잎처럼 예쁜 글자들과 함께. 여름에 무성해지는 이파리처럼 풍성한 이야기들과 함께. 가을날 세상을 온통 물들이는 단풍 같은 그림들과 함께.

"행배 니는 어떤 정자나무가 제일 좋노? 나는 오월쯤에 신록이라고 하는 그 싱싱한 초록색이 될 때가 제일 좋더라."

"나는 다 좋다. 정자나무는 다 좋다. 지금 이렇게 이파리가 하나도 없는 모습도 얼마나 좋노? 나뭇가지가 여러 갈래로 멋지게 뻗어 있는 기 눈에 잘 보이잖아. 철따라 색깔이 변하는 화려한 옷을 벗고 솔직한 지 모습을 그대로 보이 주는 거 같다."

동화 속에 빠져 있던 겨울에 우리는 그런 얘기를 나누었다. 이 나무가 오백 년 동안 지켜본 이야기들은 얼마나 많을지 상상이 되지 않았다. 형배는 느티나무가 이야기 할머니처럼 보인다고 했다. 나는 느티나무가 지혜를 간직한 할아버지 같다고 했다. 함께 책을 읽고 상상하면서 우리는 그렇게 훌쩍 자라고 있었다.

우리가 국민학교 5학년이 될 때까지 모성마을에는 전기가 들어오지 않았다. 램프의 기름은 물론이고 촛불조차 아껴야 했던 시절이니 아이들은 일찍 자야만 했다. 겨울로 접어들어 해가 일찍 지고 늦게 뜨면 긴 밤을 더욱 지루하게 보내야 했다. 그러던 어느 날, 잠이 오지 않아 뒤척이다가 아버지가 말하는 소리를 듣게 되었다.

"오다 보이까 행배가 즈그 집 마당에서 책을 읽고 있드만. 참말로 책밖에 모리는 아아다. 달이 밝기는 해도 글자가 잘 안 보일 낀데……."

형배라는 이름에 나는 벌떡 일어났다. 엄마가 감탄하듯 말하는 목소리도 들려왔다.

"하이고, 행배 에미는 캄캄한 새벽에 행배 업고 달빛 아래 모를 심더이만, 행배는 어두운 밤에 달빛 아래 글을 읽네. 부지런한 기 똑 닮았다."

나는 단숨에 형배네 집으로 달려갔다. 작은 집에 소를 키우는 외양간까지 만들어서 툇마루는 어둡고 마당은 좁았다. 형배는 그 좁은 마당에 서서 책을 읽고 있었다.

"무슨 책을 그래 열심히 보노?"
"어, 이거 『장 발장』이다. 내일 돌려줘야 해서 한 번 더 볼라고."

친척 집에서 빌려왔다면서 나한테도 빌려줬던 그림책이었다. 책 표지에 그려진 은촛대가 달빛 아래 선명했다. 은그릇을 훔친 장 발장에게 신부님이 왜 은촛대까지 그냥 줬는지 형배는 무척 궁금해했었다. 아무리 빵을 훔쳤다고 해도 19년 동안 감옥살이 한 건 너무 하지 않냐고도 했었다.

"그렇다고 이래 계속 서서 읽을끼가? 우리 집에 가자. 마당 평상에 달빛이 잘 들어오니까 같이 앉아서 읽자. 편하게 엎드려서 읽을 수도 있다 아이가."

형배를 데려오자 엄마는 깜짝 놀라면서도 평상에 이불을

갔다 주었다. 구름 한 점 없이 맑은 밤, 보름달이 우리 머리를 환하게 비춰 주었다. 하지만 막상 『장 발장』을 펼치니 글자가 제대로 보이지 않았다.

"이걸 우찌 읽었노? 글자가 안 보이는데?"
"그래도 그림은 보이제? 책을 많이 읽어서 내용을 다 외아삐면 그림만 봐도 그 옆에 글자들이 지절로 보인다."

그러면서 형배는 『장 발장』을 읽어 주었다. 아니, 외워 주었다. 유난히 맑았던 밤. 밝았던 그 밤. 겨울이지만 이상할 만큼 포근했던 달밤이었다.

물려받은 교복과 이름표

그렇게 책을 읽고 또 읽으며 교과서까지도 외울 만큼 읽었으니 형배는 당연히 성적이 좋았다. 공부는 물론이고 차분하게 학교생활을 하면서 친구들도 잘 도와줘서 선생님들은 늘 형배를 칭찬했다. 그런데도 형배는 중학교에 갈 형편이 못 되었다. 우리 집은 그나마 학교는 보내줄 형편이니 다행이었지만 형배 사정은 딱했다.

무상 교육이 아니었던 그 시절에 가난한 농가에서 학비와 교과서와 교복까지 준비하는 건 힘든 일이었다. 중학교를 보내면 고등학교와 대학까지 욕심낼 거라는 생각에 자식들을 국민학교까지만 마치게 하고 농사일을 시키는 부모들이 많았던 시절이었다.

국민학교 졸업이 가까워지자 형배는 본격적으로 농사일을 돕기 시작했다. 중학교 진학을 완전히 포기했는지, 아니면 그렇게 힘을 보태서 중학교 학비를 마련하려는 것인지는 알 수 없었다. 내가 알 수 있는 건, 무슨 일을 하든 형배의 마음은 언제나 책에 가 있을 거라는 사실 뿐이었다.

나는 느티나무 밑동에 등을 기대고 책을 읽으며 형배를 기다렸다. 중학교에 보내줄 수 있는 우리 집 형편이 새삼 고마웠지만, 혼자서만 중학교에 가면 뭐가 좋을까 싶었다. 뭔가 방법이 있을 거라며, 일 끝내면 만나서 얘기하자고 했지만 형배는 나타나지 않았다. 마음이 복잡해서 책 속의 글자들이 눈에 들어오지 않았다.

느티나무 할아버지가 말을 할 수 있다면 어떤 지혜를 들려주실까? 아니, 지금도 방법을 알려 주고 있는데 내가 못 듣고 있는 건 아닐까?

나는 책을 덮고 일어나 느티나무 줄기를 온몸으로 끌어안았다. 눈을 감고 가만히 나무의 소리에 귀 기울여 보았다. 형배가 가끔 이렇게 하는 걸 보고 웃었는데, 생각보다 마음이 편안해져서 신기했다. 물론 나무에서는 아무 소리도 들리지 않았다. 그날 내게 들려온 건 멀리서 뛰어오며 외치는 형배의 목소리였다.

"내 인자 중학교 갈 수 있게 됐다! 친척 형이 입던 교복이랑 교과서도 아부지가 얻어왔다."

그렇게 우리는 북천중학교 학생이 되었다. 1977년이었다. 북천중학교는 모성마을에서 한 시간쯤 걸어가야 했다. 그 길은 새로 만들었다고 해서 이름이 '신작로'였지만 발끝에 자갈이 차이고 먼지가 날렸다. 그래도 우리는 힘든 줄 모르고 등하교를 했다. 함께 책 이야기를 하다 보면 시간이 훌쩍 흘러갔다.

북천중학교 교무실 한쪽에는 책꽂이가 있어서 소년소녀 세계문학전집, 위인전집, 과학전집이 있었는데 형배와 나는 그 책들을 가장 많이 빌려본 학생이었다. 형배는 위인전이나 과학책을 좋아했지만 나는 세계문학 속의 이야기들이 좋았다. 모험심 가득한 이야기도 좋았고 낭만적인 이야기도 좋았다.

형배는 문학 작품 속에서 재판 이야기가 나오면 특히 관심을 보였다. 『베니스의 상인』을 읽을 때는 말도 안 되는 계약서에 기가 막혀 하다가 결국 놀라운 판결로 마무리되자 "우와, 우찌 이런 생각을 다 했을꼬? 너무 멋진 판결이제?" 하며 박수까지 치면서 좋아했다. 『솔로몬의 재판』을 읽을 때도 마찬가지였다.

소년소녀 세계문학전집 속의 『장 발장』은 달밤에 보았던 그림책 『장 발장』보다 훨씬 길고 복잡한 이야기라서 의아했는데, 그때도 형배는 자비심을 베푸는 주교님과 냉정하게 법을 지키려는 경찰을 비교하면서 믿음과 양심에 대해 한동안 말했다. 그리고 죄와 벌에 대해서도.

"책이 두꺼워진 만큼 내용도 자세히 나오니까 감옥에 오래 있게 된 이유는 인자 알겠는데, 그래도 19년은 너무 했다 아이가. 그라고 죗값을 그래 오래 치르고 나왔는데도 전과자라고 계속 힘들게 사는 것도 너무 했제? 한번 죄를 지으면 죽을 때까지 죄인으로 살아야 하나?"

형배는 자유와 정의에 대한 생각들을 끊임없이 말했다. 반면에 나는, 그림이 없는 두꺼운 책은 모든 장면을 내 맘대로 상상해볼 수 있어서 좋다고 생각하며 내가 주인공이 된 듯 이야기 속에 빠져들었다. 책 속의 사건과 사회적 배경에 주목하는 형배와 달리 나는 등장인물들과 그 관계에 주목했던 것이다.

중학생이 되면서 우리가 읽게 된 책들은 그렇게 내용이 복잡해졌고, 그만큼 우리의 취향도 각각 나뉘었다. 그만큼 저마다의 생각도 자랐고 또 그만큼 서로 나눌 얘기도 늘어났다. 긴 등하굣길이 짧게 느껴질 만큼.

하지만 마냥 그렇게 책만 읽고 있을 수는 없는 일이었다. 얇은 동화책이 두꺼운 소설책으로 바뀌었듯 중학교 교과서는 국민학교 교과서보다 두껍고 어려워졌다. 요즘처럼 학원의 도움을 받지는 못하더라도 참고서는 꼭 필요했다. 교과서도 친척 형에게 물려받아 공부하는 형배에게는 새롭게 다가온 어려움이었다.

다행히 우리 부모님은 내게 영어와 수학 참고서를 사 주었고, 나는 그것을 형배에게 번갈아 빌려줬다. 하지만 공부 욕심이 많은 형배는 다른 과목의 참고서들도 보고 싶어 했다. 점심시간이나 쉬는 시간이면 같은 반 친구들에게 국어나 과학 참고서를 잠깐씩 빌려본다고 했다.

나는 우리 반 친구들에게 물어봐서 사회, 국사, 기술, 음악까지 참고서를 빌려다 주었다. 하루 정도만 빌릴 수 있었기 때문에 나는 볼 시간이 없었지만 그걸로 형배가 공부하는 것만으로도 만족스러웠다. 사실 나는 중학교에 올라간 뒤로 어려워진 공부에 흥미를 잃고 있었다. 오직 소설책만이 재미있었다. 그리고 내가 도와준 만큼 형배의 성적이 잘 나오는 것도 즐거웠다.

그리고 형배를 대신해서 까불어 주는 것도 즐거웠다. 학교에서 봄 소풍을 갔던 날, 모두가 참여하는 장기자랑이 시작되었을 때였다. 형배는 〈님과 함께〉라는 노래를 부르다가 갑자기 멈추더니 안절부절못하고 울 것 같은 표정을 지었다.

"뭐고? 가사 까묵었나?"
"노래 가사도 몬 외우는 놈이 공부는 우찌 그리 잘 하노?"

친구들이 웃으며 놀려대자 나는 얼른 앞으로 나가서 노래를 이어나갔다.

"나는 좋아, 나는 좋아, 님과 함께면, 님과 함께 같이 산다면······."

형배를 끌어당겨 어깨동무까지 하면서 노래하자 형배도 함께 노래를 부르기 시작했다. 교과서도 다 외우는 형배가 노래 가사를 잊어버릴 리 없었다. 사람들 앞에 나서면 말을 잘 못 하는 내성적인 성격이라 노래를 부르려고 하니 힘들어서 그랬을 것이었다.

"이건 인정 몬한다. 반칙이다."
"장기자랑인데, 문행배 혼자 해야지."

친구들이 야유를 보내며 투덜대기 시작했다. 다행히 형배가 노래를 이어가고 있었으므로 나는 좀 더 앞으로 나가서 춤을 추었다. 친구들의 정신을 쏙 빼놓을 만큼 미친 듯이 마구 온몸을 흔들었다. 다들 배를 잡고 깔깔 웃느라 야유하던 것도 다 잊어버렸다. 형배와 함께라면, 늘 그렇게 즐거웠던 시절이었다.

그땐 TV가 있는 집이 우리 마을에 몇 집 안 됐다. 그래서 인기 많은 프로그램이 방송되는 날에는 형배의 손을 잡아끌고 TV가 있는 친구 집에 놀러 갔다. 〈웃으면 복이 와요〉를 보면서 나는 그저 재밌어서 낄낄거렸지만 형배는 별말 없이 등장인물의 말투나 표정을 오래 들여다보았다.

"행배야, 안 웃기나?"
"저 사람, 아까랑 말이 다르데이. 책에서도 그런 사람 나오던데, 보통은 나중에 혼나더라."

형배는 TV도 책처럼 읽는구나, 나는 그때 생각했다. 〈마징가Z〉를 볼 때도 나는 인조인간 로보트 마징가Z의 로케트 펀치와 가슴 화염 발사 기술에 열광했는데, 형배는 그 로봇의 조종사 철이의 정의감과 책임감을 응원했다.

"무쇠 팔 무쇠 다리 로케트 주먹, 목숨이 아깝거든 모두 모두 비켜라."

주제가가 나올 때 내 목소리는 그 부분에서 특히 높아졌지만, 형배는 '우리들을 위해서만 힘을 쓰는 착한 이, 나타나면 모두 모두 덜덜덜 떠네' 부분을 힘주어 불렀다.

중학교 3학년이 되자 형배는 키가 훌쩍 자랐다. 입학할 때 물려받은 교복이 너무 작아져서 보기에 딱할 정도였다. 그래도 형배는 아랑곳하지 않았다. 하지만 교복 바지의 엉덩이 부분이 해어지고 거기에 덧대어 누빈 천까지 해어져 속옷이 드러날 지경이 되자 친구들의 놀림거리가 되었다. 결국 형배 부모님이 어디선가 다시 교복을 얻어왔지만 이름표까지 바꿔 달기엔 힘에 부쳤던 모양이다.

"1년만 참으면 졸업이니까 개안타."

형배는 신경 쓰지 않고 원래의 이름표를 그대로 달고 다녔다. 그 시절의 이름표는 두꺼운 천에 자수로 글자를 새겨서 만들었다. 그걸 따로 만드는 것도, 교복에 붙이는 것도, 모두 돈이 드는 일이었다. 하지만 남의 이름표를 달고 다닌다고 잔소리하는 선생님도 있었다. 그걸로 놀리는 친구도 있어서 나는 다들 들으라는 듯 큰 소리로 말했다.

"머 어때? 전교 일 등 문행배를 우리 학교에서 모르는 사람이 있나? 니 얼굴이 이름표다."

그랬다. 형배는 언제나 1등이었다. 형배가 내 친구라는 것이 나는 항상 뿌듯했다. 하지만 졸업이 가까워져 오면서 형배는 걱정이 늘어났다. 북천에는 고등학교가 없기 때문에 중학교를 졸업하면 가까운 도시인 진주로 가야만 학교에 다닐 수 있기 때문이었다.

"학비도 문제지만 진주에 방을 얻을 돈도 필요하고, 기차 타고 다닐 돈도 필요한데 그걸 다 우찌 마련하겠노. 아부지는 아무 걱정 말고 공부만 하라고 하는데……."
"아부지가 그리 말씀하셨으면 믿고 그냥 공부만 해라. 중학교 오기 전에도 니가 걱정 많이 했는데 잘 해결됐잖아. 이번에도 먼가 방법이 있을 끼야."

나는 밝은 표정으로 형배의 어깨를 두드렸다. 그냥 하는 얘기는 아니었다. 과묵하고 인자한 형배 아버지의 모습을 떠올리면 괜히 든든했다. 그분이라면 어떻게든 형배를 진주에 갈 수 있게 할 거라는 생각이 들었다. 그 생각은 틀리지 않아서 결국 우리는 새봄에 함께 진주행 기차에 오를 수 있었다.

김장하 선생님을 만나다

1980년의 봄, 하동 북천역은 또 다른 세상으로 향하는 문처럼 우리에게 다가왔다. 역에서 표를 끊고 개찰구로 나서자 눈앞에 철길이 딴 세상처럼 펼쳐졌다. 기차에 올라타는 순간, 기차가 움직이는 순간, 기차가 하동을 벗어나 진주로 향하는 순간, 마침내 진주에 도착한 순간…… 그 모든 순간이 새로운 세상처럼 다가왔다.

"진짜 아쉽다. 고교 평준화만 아니었으면 같은 학교로 갔을 낀데……."

진주역 앞에서 서로 다른 버스를 기다리며 나는 투덜거렸다. 물론 작년처럼 학교별로 시험을 쳤다면 형배는 당연히 진주고등학교에 합격했을 테고, 나는 떨어질 가능성이 더 컸지만.

"하필 딱 올해부터 뺑뺑이 돌리기가 시작돼서…… 나도 진짜 아쉽네."

형배가 아쉬워한 게 나와 헤어지는 일인지, 아니면 진주고를 못 가게 된 것인지는 알 수 없었다. 아무튼 나는 진주 남강변의 삼촌 집으로, 형배는 자기가 배정받은 대아고등학교 앞의 자취방으로 향했다.

그러나 1학기를 마치고 다시 하동으로 가는 기차를 함께 탔을 때, 형배는 대아고에 완전히 적응한 듯 보였다. 선생님들도 친구들도 모두 좋다고 했다. 심지어 교목이 느티나무라서 학교에 커다란 느티나무가 있는 것도 좋다고 했다. 나는 비로소 형배 대신 진주고에 다니는 것 같은 미안함에서 벗어날 수 있었다. 형배는 한 학기 동안 있었던 일들을 즐겁게 얘기하다가 문득 함박웃음을 지으며 내게 물었다.

"내가 진짜 놀란 기 있는데, 목욕탕에 들어갈 때는 빨가벗는다매?"

"그라믄? 니는 옷 입고 목욕하나?"

나야말로 깜짝 놀라서 되물었다.

"아니, 나는 집에서만 씻으니까…… 남들 앞에서 빤쓰까지 다 벗는지는 몰랐다. 자취방 아이들이 목욕탕 같이 갔다 오더니 누구는 엉덩이에 점이 있더라고 말하는데 시껍했다 아이가."

내성적인 형배가 얼마나 놀랐을까, 짐작이 되어서 나는 저절로 웃음이 터졌다. 그러나 곧 형배의 가난이 새삼스레 느껴져서 기차 창밖으로 시선을 돌렸다. 요즘처럼 집집마다 욕실이 따로 있는 시절이 아니었으니 집에서 씻는다 해도 기껏 부엌 한구석에서 겨우 몸을 움직였을 것이다. 목욕비가 아까워서 그렇게 살았던 사람들도 1년에 두 번, 명절 때에는 목욕탕에 갔는데…….

"어릴 때 냇가에서 다들 빨가벗고 씻었잖아. 그거랑 똑같다."

나는 다시 형배에게 시선을 돌리며 짐짓 아무렇지도 않은

듯 말했다.

"그래도 인자 다 컸는데……."

사춘기라서 부끄러워 그랬을까? 여전히 목욕비를 아끼려고 그랬을까? 이후로도 형배가 목욕탕에 갔다는 얘기는 듣지 못했다. 물론 1년 뒤에 내가 형배와 헤어졌으니 그다음은 알지 못한다. 이후로 목욕탕에서 열일곱 살쯤 되는 소년을 보게 되면, 수줍고 가난했던 어떤 소년을 어김없이 떠올리게 되었을 뿐.

"느그 학교에도 도서실 있제? 도서실에 책이 많아서 참 좋은데, 고등학교는 공부를 더 열심히 해야 되니까 그걸 다 볼 수가 없어서 너무 아쉽네."

기차가 우리를 북천역에 내려 주고 다시 떠나자 형배는 친구들 얘기를 할 때와는 달리 조용한 안타까움을 담아 말했다. 나는 고향에 돌아온 반가움에 겨워 씩씩하게 대꾸했다.

"어, 우리 학교도 도서실 있다. 고등학교는 역시 다르더라. 나는 일단 소설책들은 다 읽어보려고 열심히 읽고 있는 중이다. 공부는 천천히 하지 뭐. 혹시 아나? 내가 소설가가 될지!"

형배는 대답 대신 크게 웃었다. 내가 괜히 공부하기 싫어서 엉뚱한 소리를 한다고 생각했는지, 나 같은 까불이가 소설가를 꿈꾸는 건 터무니없다고 생각했는지, 그건 모를 일이다. 하지만 나는 진지했다.

"태양에 바래지면 역사가 되고 월광에 물들면 신화가 된다! 멋지지 않나? 나도 그래 멋진 글을 쓰고 싶단 말이다."
"누가 그래 멋지게 글을 썼는데?"
"이병주라고 유명한 소설가가 있다."
"안다. 우리 하동 사람 아이가. 여기 북천 출신……."
"맞다. 요새 우리 삼촌이 보는 신문에도 소설 연재를 하는 작가다. 지난번에 테레비에 나온 거 봤는데, 사람이 진짜 멋지고 말도 잘하더라. 나도 말은 그 정도로 하겠는데, 글이 문제네."
"하모. 말로는 누가 니를 당하겠노?"

말하면서 형배는 다시 크게 웃었다. 어쩌면, TV에 나오는 작가의 겉모습만 보고 헛된 꿈을 꾸는 거로 생각했을 수도 있겠다. 하지만 나는 정말 그렇게 글을 잘 쓰는 작가가 되고 싶다는 꿈을 키워가고 있었다. 북천역에서 모성마을까지 걸어가는 길에 나는 형배에게 그 꿈에 대해서 오래 이야기했다.

여름방학이 시작되자 형배도 어떤 꿈에 대해서 말했다.

느티나무 그늘 아래서 공부하자고 만났을 때였다. 아랫마을 친척 아저씨가 너무 억울한 일을 당했다면서 형배는 교과서도 펼치지 않고 이야기를 시작했다.

"친한 사람한테 큰돈을 빌려줬는데 워낙 친해서 차용증이라는 걸 안 썼다카드라. 종이에다가 돈 빌린 액수하고 이름, 날짜 써서 도장 찍는 거 말이다. 근데 그 사람이 돈을 안 갚더니 인자는 돈 빌린 적도 없다고 잡아뗀다는 기라. 법원에 가서 재판을 했는데도 증거가 없다고 졌단다."

"무슨 그런 일이 다 있노. 돈을 얼마나 빌려줬는지 어디다 써 놓지도 않았나?"

"기억할라고 어디다가 쓰긴 했는데 도장을 찍은 게 아니라서 증거가 안 된다네."

형배는 마치 자기가 재판에서 진 것처럼 억울한 표정으로 말했다. 느티나무 그늘 아래는 한여름에도 시원한 바람이 드나들었는데 그날은 바람이 전혀 불지 않아 무더웠다. 짙푸르게 우거진 나뭇잎들마저 답답하게 느껴지는 날씨였다.

"아랫마을 친척이면 니한테 책 빌려 주던 그 아재 맞제?"

"맞다. 그 아재는 법 없이도 살 사람이라고 했는데, 법 때문에 억울한 일을 당하네. 내가 꼭 법을 공부해서 다시는 이런 억울한 일을 안 당하게 하고 싶다."

"법 공부해서 판사 될라꼬? 아무리 그래도 증거가 없으면 판결을 바꿀 수 없잖아."

"주변 사람들이 증언 같은 거 해 주면 안 되나? 그런 거 돕는 사람이 변호사 맞제?"

거듭 되묻는 형배의 눈빛은 낯선 가능성에 닿은 아이처럼 빛났다. 책밖에 모르던 형배가 드디어 책 밖의 세상을 구체적으로 꿈꾸기 시작한 것 같았다.

"변호사? 그건 말을 억수로 잘 해야 될 낀데? 앞에 나가면 노래 한 곡도 못 부르는 놈이 무슨 변호사? 그냥 판사 해라. 책밖에 모리는 니한테는 재판 자료 열심히 읽고 판결만 땅땅 내리는 기 딱이다. 죄지은 사람들 잡아넣는 검사는 니 성격에 안 맞을 끼고."

나는 신이 나서 형배의 진로를 조언했다. 지금도 그렇지만 그 시절에는 더욱더 공부를 잘해야만 법률가가 될 수 있었다. 법조인의 숫자가 지금보다 훨씬 적었던 시절이었다. 그래서 나는 도저히 꿈꿀 수 없는 직업이었지만, 형배는 충분히 가능할 것 같았다. 형배도 그 꿈을 이루기 위해서 그때부터 더 열심히 공부했다. 그래서 소설책 같은 건 함께 읽을 기회가 없어서 나로서는 아쉬울 따름이었다.

하지만 개학이 다가오자 형배는 깊은 한숨과 함께 고민을 이야기했다.

"동생들도 커가는데 내 혼자 공부 욕심을 부리는 기 맞는 가 싶다. 어젯밤에는 아부지가 소를 팔아야겠다고 말씀하시는 걸 들었는데…… 그러면 아부지가 소 대신 소처럼 일하셔야 할 거 아이가? 내한테 맨날 공부만 하라고 하셨지만, 내가 그래 공부만 하는 동안 내가 모르는 어려움이 얼마나 많았을지 짐작도 못 하겠다."

나는 아무 말도 할 수가 없었다. 여름방학이 끝나고 다시 진주로 가는 기차를 타기 위해 북천역으로 향하는 길이었다. 한때 우리가 중학교를 오가며 웃고 떠들던 그 정겨운 길이, 이제는 현실을 짊어진 채 걷는 무거운 길이 되어 있었다. 형배는 터벅터벅 신작로를 걸으며 말을 이어갔다.

"니도 알잖아. 우리 부모님이 누구보다도 성실한 분들이라는 거…… 근데 가난은 와 이래 질기노. 나는 진짜, 그냥 공부만 하고 싶다. 지금 배우는 것들도 더 확실히 공부하고, 대학 가서 법 공부도 해보고 싶단 말이다. 근데 이 가난이 내 인생을 마구 흔드네."

형배를 끈질기게 괴롭히는 가난이 원망스러웠다. TV나

신문을 보면 도시에는 부자들이 많던데 농촌은 왜 다들 가난할까, 궁금하고 화가 났다. 농사짓는 사람들만큼 부지런한 이들이 또 있을까 싶은데…… 대체 뭘 더 어떻게 일해야 돈이 되는 걸까.

복잡하게 뒤엉킨 생각을 꾹 눌러 담고, 나는 겨우 이렇게 말할 수밖에 없었다.

"먼가 방법이 있을 끼야. 계속 공부할 수 있는 방법이……."

그 방법은 뜻밖의 길로 찾아왔다. 힘들어하던 형배가 결국 자퇴까지 결심하자 담임 선생님도 방법을 찾아보자고 말씀하시더니 며칠 뒤에 어떤 길로 데려간 것이다. 진주 시내에 있는 한약방으로 향하는 길이었다. 그 소식을 형배는, 2학기 마치고 다시 하동으로 가는 기차 안에서 들려주었다.

"남성당 한약방 알제? 내가 거기서 장학금을 받게 됐다!"
"진짜가? 한약방에서 무슨 장학금을 주노?"

나는 의아했다. 장학금이란 건 넥타이 매고 양복 입은 사람들이 번듯하게 사진 찍으며 건네주는 게 아니었던가. 어릴 적에 코를 막고 먹어도 확 풍겨오던 한약 냄새와 장학금 봉투는 도무지 어울리지 않는 것 같았다.

"거기 한약사 선생님이 어려운 학생들을 많이 돕고 있다 카더라. 어릴 적 가난 때문에 중학교만 마치고 일을 하셨다 는데, 그래서 더더욱 가난한 학생들이 공부를 계속할 수 있 게 돕고 계신 거라고 담임 샘이 얘기해 주셨다."

남성당 한약방은 진주뿐만 아니라 인근 농촌에도 이름난 곳이었다. 어릴 적 내가 몸이 약하다고 부모님이 거기서 보 약을 지어다 먹이셨는데, 그 덕분에 감기 한 번 안 걸릴 만큼 건강한 아이로 자랐다고 부모님은 종종 자랑하셨다. 약값은 비싸지 않은데도 약효가 좋기로 유명해서 아침부터 줄을 서 는 사람들도 많다고 했다. 그렇게 이름난 한약방이, 내 친구 의 삶을 바꾸는 데까지 마음을 내어 주다니 선뜻 믿기지 않 았다.

"혹시 빌려 주는 거 아이가?"
"아이다. 2학년 새 학기부터 졸업할 때까지, 그다음에 대 학 가면, 대학도 졸업할 때까지 그냥 도와주신다고 했다. 그 래도 갚아야지. 일단 공부 열심히 해서 좋은 대학 가는 거로 먼저 갚아야지."
"그러니까 그 한약사 선생님이 남성당 주인인 거제?"
"맞다. 김장하 선생님. 한약업사 자격증 걸려 있는 거 보 고 이름 기억했다. 한약방에서 종업원으로 일하다가 혼자 공 부해서 시험 합격하고 남성당을 차렸다 카대. 조용한 목소리

로 말씀하시는데 한약 만드는 약초들 냄새가 은은하게 번지
고…… 그동안 너무 힘들었던 내 마음이 다 치료되는 거 같
더라."

특별한 격려나 부담을 주지 않으면서 그저 자신이 살아온
얘기만 하고 웃어 주셨다는 김장하 선생님. 기차가 북천역으
로 들어선 뒤, 신작로를 걸으면서 나는 묻고 또 물었다. 그게
정말 사실이냐고, 어떻게 그런 일이 가능하냐고.

그러다가 새삼 기뻐서 우리는 발끝에 걸리는 자갈을 멀리
멀리 차면서 신나게 마을로 향했다. 형배가 학교를 계속 다
닐 방법이 꼭 있을 거라 생각은 했지만, 이런 방법은 정말 예
상하지 못한 것이었다. 나는 우리 부모님이나 주변의 아는
사람들에게 조금씩 힘을 모아 달라고 부탁을 해볼까 하는 생
각까지 했었다. 그런데 전혀 모르는 사람이 산타클로스처럼
나타난 것이었다. 부자들은 욕심이 많을 거라는 나의 어리석
은 생각을 깨뜨리면서.

"김장하 선생님이라는 그분, 생각할수록 정말 훌륭하시
네. 그런 이야기는 더 많은 사람들이 알아야 할 것 같다. 행
배야! 나는 꼭 그분 이야기를 소설로 써야겠다. 역사 속의 인
물들을 주인공으로 소설을 쓰는 이병주 작가처럼 말이다."

마침내 마을 입구에 닿자 나는 선언하듯 말했다. 느티나

무 앞에서 멈춰서며 형배도 말했다.

"그래, 나는 꼭 훌륭한 법관이 돼서 그분 은혜를 갚을 끼다. 니도 멋진 소설가가 돼서 꼭 그분 이야기를 써라."

설레는 우리의 약속을 느티나무가 내려다보고 있었다. 이파리가 다 떨어졌기에 더욱 멋지게 가지들을 보여 주는 겨울 느티나무였다.

책 선물하는 판사님

김장하 선생님의 장학금을 받게 되자 형배는 더욱 열심히 공부했다. 그래서 나는 형배 얼굴 보기가 더욱 힘들어졌다. 그래도 가끔 만나는 형배의 얼굴이 밝고 신나 보여서 참 좋았다. 꿈을 향해 거침없이 달려가는 시간이 얼마나 아름다운지, 나는 그 시절 형배의 모습을 통해서 보았다.

그러나 2학년 겨울방학부터 나는 더 이상 형배를 볼 수 없게 되었다. 우리 집이 갑자기 이사를 가게 된 까닭이었다. 아버지가 부산에서 시작한 사업이 실패했기 때문이었다.

"농사만 지어서 언제 돈 벌겠노? 내가 먼저 부산 가서 자리 잡고 니 대학 갈 때 데리러 올게. 그러니까 대학은 꼭 부산으로 가도록 공부 열심히 해라."

그렇게 내게 기대를 심어 놓고 아버지는 논밭을 팔아 떠났지만, 겨울방학이 시작될 때 갑자기 나타나서 우리를 부산으로 데려갔다. 남은 땅과 집까지 다 팔았다며 빨리 짐을 챙기라는 말에 나는 급히 이삿짐을 싸느라 형배에게 인사도 제대로 못 했다. 곧 다시 와서 만날 수 있으리라 여겼기 때문이었다. 아니면 형배를 부산으로 초대할 수도 있겠다고 생각했다.

하지만 부산에서 우리를 기다리고 있던 것은 지독한 가난이었다. 엄마는 식당에서 일하고 나는 공장에서 일하고 아버지는 다시 사업을 일으켜 보겠다고 이리저리 뛰어다니는 동안, 시간은 속절없이 흘러갔다. 다 쓰러져가는 작은 집으로 형배를 초대하기는커녕 연락조차 할 수가 없었다.

조금만 견디면 다시 학교에 다닐 수 있으리라는 기대도 점점 더 멀어져갔다. 가난이 인생을 마구 흔드는 게 어떤 것인지 나는 비로소 알게 되었다. 형배의 어려움을 잘 알고 있다고 생각했었지만, 사실은 그동안 아무것도 모르고 살았다는 깨달음이 다가왔다. 그동안 소소하게 형배를 도와주면서 기쁨만 느꼈을 뿐, 힘든 마음은 제대로 헤아리지 못했던 것이다.

"장 발장이 배고픈 조카들한테 먹일라고 빵을 훔친 마음이 나는 이해가 되더라."

국민학교 때, 엄마가 장에서 사다 준 뻥튀기를 나눠 먹으려고 가져가자 형배는 말했다.

"그래도 은그릇을 훔친 건 도저히 이해가 안 되고."

덧붙여 말하면서 형배는 동생들에게 줄 몫을 챙기고 조금 남은 뻥튀기를 먹으며 웃었다. 나는 그때 빵도 은그릇도 훔쳐서는 안 된다고 말했었다. 하지만 부산에서 고생을 하면서 나는 비로소 그 마음을 이해할 수 있었다. 빵은 물론이고, 기회가 된다면 은그릇도 은촛대도 훔칠 수 있겠다는 생각이 들었으니까. 들키지만 않는다면 뭐든 다 훔쳐서 고생하는 엄마에게 갖다 주고 싶었으니까.

그 힘든 나날 중에 엄마가 식당에서 남은 돼지고기를 얻어온 날이 있었다. 그걸로 내가 좋아하는 장조림을 해 주셨던 날, 괜히 목이 메어오는데 형배가 떠올랐다. 고등학교 여름방학을 마치고 진주로 가려고 집을 나서는 내게 형배 반찬까지 쥐여 주던 엄마의 모습도 함께 떠올랐다.

"개안타. 행배 엄마도 반찬 챙기준다."

내가 유난히 좋아하는 장조림을 형배 몫까지 챙겨 주시길래 아까워서 나는 그때 엄마에게 말했다.

"책밖에 모리는 아아가 자취하면서 밥이나 제대로 챙기 묵겠나. 이거저거 있어야 하나라도 묵지."

엄마는 그렇게 말했지만, 고기 한 번 먹기가 힘들었을 형배네 집의 반찬 사정까지도 알고 계셨을 것이다. 그것도 모르고 나는 형배한테 장조림을 건네며 퉁명스럽게 말했다.

"같은 방 아아들 없을 때 혼자 묵어라."

그때는 정말 알 수 없었다. 김치와 된장국만 있어도 충분하다던 형배의 말 속에 담긴 고달픔을. 고기반찬 하나에 이렇게 목이 멜 수도 있다는 것을.

세월은 그렇게 나를 철들게 했고, 어린 시절의 형배를 더욱 이해하게 만들었다. 하지만 형배를 만날 수는 없었다. 지독한 가난과 싸우면서 살아가는 동안 나는 고향 친구들에게 연락할 겨를이 생기지 않았다. 조금만 더 상황이 좋아지면 연락해야지, 생각했지만 그런 날은 쉽사리 찾아오지 않았다. 그러면서 우리는 연락이 끊겼다.

스무 살이 넘자 대학생들을 보면 형배가 떠오르고, 서른 살이 넘자 신문이나 방송에서 법관을 보면 형배가 떠올랐다. 고등학교에 가서도 1등을 놓치지 않았던 형배는 틀림없이 명문대 법대생이 되었을 것이고 판사나 변호사가 되었을 것이었다. 그런 생각을 할 때마다 나는 형배와 다른 세상으로 멀어진 것 같았다.

나는 다만 우리의 행복했던 시절을 기억하면서 애써 힘을 냈다. 조금씩 조금씩 일어섰다. 그 시절의 어려움을 형배가 헤쳐나갔듯이, 나도 현재의 어려움을 이겨나갈 수 있으리라 믿으면서.

그렇게 20년을 훌쩍 넘긴 어느 날, 나는 정말 우연히 형배의 얼굴을 보게 되었다. 신문에서 '책 선물하는 판사님'이라는 기사 제목을 발견한 날이었다. 제목만 봤는데도 형배 생각이 났다. 그런데 정말 형배였다. 사진을 봐도 형배였고, 내용을 보니 더더욱 형배였다. 여전히 책을 좋아하는 형배. 법관이 되겠다는 약속을 지킨 내 친구.

신문 기사는 죄를 지은 피고인에게 책을 선물하는 판사님의 이야기를 전하고 있었다. 죗값에 따라 감옥에 가는 선고를 받은 피고인이라도 책을 통해 치유를 하고, 앞으로의 범죄도 예방하기를 바라기 때문이라고 했다. 어렵게 살아온 사람이나 기회를 주면 잘살 것 같은 사람에게는 책을 통해 용기를 주고 싶다는 것이었다.

그리고 카드빚 때문에 자살하려고 불을 질렀다가 잡혀 온 사람에게 '자살'이라는 말을 10번 반복하라고 했다는 이야기도 있었다. 그가 "자살자살자살자……"를 되풀이하자 판사님은 "피고인이 읊은 '자살'이 우리에게는 '살자'로 들립니다. 죽어야 할 이유를 살아야 할 이유로 새롭게 고쳐 생각해 보세요"라고 말했다고 한다. 불을 질러 주변에 피해를 끼쳤으므로 징역 1년에 집행 유예 2년을 선고했지만, 그에게도 역시 책을 선물했다는 판사님의 이름은 문형배.

신문 기사에 적혀 있는 그리운 이름을 나는 한참 동안 바라보았다. 그리고 형배가 피고인들에게 선물했다는 책의 제목들을 종이에 적었다. 마치 나에게 권해 주는 책 같아서였다. 형배는 그렇게 자신만의 은촛대를 세상에 밝히고 있었다.

그 은촛대의 불빛은 나에게까지 번져와서 오래된 기억 속의 따뜻한 풍경 하나를 불러왔다. 중학교 3학년 여름방학이었다. 국어 선생님께서 보자고 했던 날이라며 형배는 아침부터 서둘러 학교로 향했다.

느티나무 아래에서 형배를 기다리던 나는 갑자기 퍼붓는 장대비에 집으로 들어가 우산을 들고 나왔다. 그때 멀리서 형배가 돌아오는 게 보였다. 빗속에서 질척이는 진창길을 비틀거리며 달려오는 형배는 가슴에 무언가를 품고 있었다. 온몸이 비에 젖어도 그것만은 절대로 젖어서는 안 된다는 듯 가슴을 모으고 고개를 숙여 뛰어오고 있었다.

나는 얼른 달려가 형배에게 우산을 씌워 주었다. 빗줄기가 워낙 거세어 그래도 다 젖었지만, 나는 형배네 집까지 함께 갔다. 형배네 집은 슬레이트 지붕 여기저기에서 물이 새고, 마룻바닥에 물이 번지고 있었다.

나는 괜히 안으로 들어갔다가 형배를 민망하게 만들까 싶어 마당에 서 있었다. 형배는 짐짓 괜찮다는 듯 안으로 나를 이끌더니, 마루의 한구석에 비료 포대를 깔았다. 젖은 옷 그대로 거기에 앉으면서도 품 안에 넣어둔 것은 꺼내지 않았다.

"먼데 그래 꼭 품고 있노?"

"책이다."

방안을 들여다보니 벽지도 젖고 이불도 젖은 것 같아서 걱정을 하려는데 형배는 벅찬 목소리로 거듭 말했다.

"새 책이다. 내가 난생처음 가져보는 새 책!"

그날 밤, 형배는 책과 함께 잤다고 했다. 다음 날이 되어서야 형배는 품에서 책을 꺼내어 내게 보여 주며 말했다.

"책은 살았데이. 젖은 데 하나도 없다."

그때 알았다. 형배에게 책은, 그냥 읽는 물건이 아니라 살아 있는 것처럼 아끼는 무엇이라는 걸.

책 많이 빌려 가는 형배가 기특해서 국어 선생님이 선물해 주셨다는 그 책의 제목은 『나의 라임 오렌지 나무』였다. 보라색 표지를 넘기자 첫 페이지 한 귀퉁이에 형배의 작고 삐뚤빼뚤한 글씨가 적혀 있었다.

'누구에게든 책 한 권 줄 수 있는 어른이 되자.'

이후로 인터넷에서 '문형배 판사'라는 검색어로 자주 언론 기사를 찾아보았다. 형배는 힘든 상황에서 범죄를 저지른 사람들에게 인간적인 판결을 하는 것으로 이미 유명한 판사였다. 그런데 또 한편으로는 유난히 엄정한 판결을 내리는 것으로도 유명했다. 금품 선거나 뇌물 사건 같은 공직자 관련 범죄에 대해서 특히 그랬다. 전체 구성원에게 그 피해가 돌아가기 때문이라고 문형배 판사는 인터뷰에서 말하고 있었다.

판사도 사람이라서 좋은 판사도 있고 나쁜 판사도 있을 수 있다. 그 시절에는 힘 있는 사람들에게 관대하고 약한 사람들에게는 가혹한 나쁜 판사도 꽤 많았다. 아니면 법에 따라서만 기계적으로 판결을 내리는 냉혹한 판사가 대부분이었다.

그런데 형배의 사연은 그 옛날 동화책 속에서나 보던 이야기 같았다. 안타까운 사정으로 죄를 저지른 이들에겐 용기를 주고, 사회 정의를 방해하는 죄를 지은 이들에겐 엄한 꾸짖음을 주는 판사님! 그 시절에 흔하지 않은 판사의 모습이었으니까 신문과 방송에 소개되기까지 했을 것이다. 역시 내 친구 형배였다.

그때 부산에서 작은 식당을 하고 있던 나는 언론 기사 속의 창원지방법원 부장판사 문형배를 만나러 가고 싶었다. 하지만 형배와의 약속을 지키지 못한 나는 뭔가 부끄러웠다. 멋진 소설을 쓰지는 못하더라도 내가 경영하고 있는 식당이나마 크게 키워서 연락하고 싶었다. 마침 딸이 초등학교에 들어갔으므로 나는 딸을 위해서라도 열심히 일을 해야 했다.

법과 야구의 공통점

그해 가을, 형배와 마주친 건 정말 기적 같은 일이었다. 법원도 아닌 야구장에서 그를 만나게 될 줄은 꿈에도 몰랐다. 4학년이 된 딸을 데리고 부산 사직야구장에 갔던 날이었다. 우리가 앉아 있는 쪽으로 홈런볼이 떨어진 순간이었다.

당시 부산의 자이언츠 팬들은 파울볼이나 홈런볼을 누군가 잡으면 그걸 근처의 아이에게 주라는 의미로 모두가 "아아 주라"를 외치는 게 관습이었다. 그런데 그날은 볼을 잡은 어른이 그냥 나가버리는 바람에 아이들이 실망하는 소리가 곳곳에서 터져 나오고 있었다.

그때, 우리 뒷자리에서 아이에게 차분하게 설명하는 목소리가 들려왔다.

"애들한테 공을 주는 게 아무리 좋은 풍습이라도 강요하면 안 되는 거야. 파울볼도 아닌 홈런볼이잖아. 그건 어른이라도 갖고 싶은 게 당연한 거지."

어딘가 익숙한 목소리였다. 뒤돌아보니 형배였다. 30년 가까운 세월이 흘렀지만, 나는 단숨에 알아볼 수 있었다. 그토록 그리웠던 내 친구 문형배! 옆에 앉은 아들은 형배의 어릴 적 모습과 꼭 닮아 있었다. 형배도 나와 딸의 모습을 번갈아 보면서 입을 딱 벌렸다.

경기가 끝난 뒤 우리는 야구장 앞의 햄버거집에 마주 앉았다. 형배는 그해 부산지방법원으로 왔는데 5학년이 된 아들과 모처럼 야구장을 찾았다고 했다. 자이언츠가 요즘 너무 부진해서 바쁜 시간을 쪼개어 직접 응원하러 왔다는 거였다. 장사에 지친 나는 딸과 시간을 보내기 위해 일부러 사람이 많지 않을 때를 골라 야구장을 찾았는데, 형배는 진심으로 응원을 하러 온 것이었다.

"잘할 때 응원하는 기야 누가 몬 하겠노? 몬 할 때 응원하는 기 진짜 팬 아이가?"

진한 사투리를 쓰자 형배가 내 친구라는 게 실감 났다. 나는 어린 딸에게 자랑스럽게 형배를 소개했다. 이 판사님이 아빠 친구라고.

그날 형배는 아빠로서, 또한 아빠 친구로서, 햄버거를 먹는 아이들에게 이야기하는 순간조차도 훌륭한 법관이었다.

"판사님! 도루는 반칙 아닌가요? 그런 걸 왜 규칙에 넣었어요?"

이제 막 야구 관람에 재미를 붙인 내 딸이 질문하니, 야구와 법의 공통점은 '규칙'이라는 이야기부터 시작했다.

"다른 운동에 비해서 야구는 정말 많은 규칙이 있잖아. 힘만 쓴다고 이기는 게 아니라 복잡한 규칙에 따라서 점수를 얻는 게임이지. 그 규칙을 살피는 심판에게 야유를 할 때는 있어도 판정을 따르지 않는 경우는 없고…… 심판들도 함께 의논하면서 판정을 하지. 그게 법과 참 비슷한 것 같아. 물론 법은 단순한 규칙이 아니라 우리 삶의 질서를 지키는 도구야. 동물의 세계에선 힘이 센 게 최고겠지만, 인간은 타고난 힘을 떠나서 모두가 질서를 지키려고 노력하고 있어."

의외의 이야기에 아이들은 눈을 반짝이며 집중했다. 햄버거가 식어가는데도 형배는 열심히 이야기를 계속했다.

"그 질서가 올바르고 공평하게 지켜지도록 법에는 여러 장치들이 마련되어 있단다. 야구에서도 마찬가지야. 만약 도루라는 장치가 없다면, 야구는 오로지 투수의 힘에 따라서만 결정되는 단순한 게임이 되지 않을까? 때로는 타자의 힘이 약하더라도 도루를 통한 기회를 줘서 다양한 결과가 나올 수

있도록 돕는 거지."

내 딸이 알 듯 말 듯한 표정으로 고개를 끄덕였다. 아빠처럼 햄버거를 손에서 놓고 이야기에 몰두하던 형배의 아들도 그제서야 다시 햄버거를 집어 들었다. 하지만 여전히 어딘가 불만이 가득한 표정이었다. 그 이유를 안다는 듯 형배는 다시 이야기를 시작했다.

"그런데 홈런볼이나 파울볼을 잡은 어른이 근처의 아이한테 공을 주는 건 규칙이 아니라 풍습일 뿐이야. '아아 주라'는 다른 도시의 야구장에서는 들을 수 없는 소리거든. 아무리 훈훈하고 아름다운 풍습이라도 주변에서 너무 강제로 시키면 거부감이 들게 되지. 자발적으로 이어졌던 풍습이 변질되고 있다면 결국은 사라지게 될 거야. 호주제 같은 법도 사라졌으니까."

"호주제가 뭐예요?"

형배의 아들은 여전히 입이 나와 있는데, 나의 딸이 불쑥 질문을 던졌다. 형배가 내 딸에게 눈을 맞추며 차근차근 설명했다.

"한 가족의 주인을 한 남자로 정해 호주라고 부르면서 모든 권리를 몰아주던 옛날 제도야. 아이에게 공을 몰아주는 '아아 주라'하고 비슷하지? 그게 오래된 풍습이고 법으로 정해져 있다 해도 여러 문제가 많으니까 국민의 요청을 받아서 없앤 거지. 옛날 사람들이 딸보다 아들을 귀하게 여긴 것도 호주제 때문이라고 할 수 있거든. 그래서 호주가 가족의 주인이 되던 '호적'이라는 서류는 없어지고, 개인이 각자 주인이 되는 '가족 관계 등록부'가 생겨났어."

"그렇게 오래된 호주제를 누가 없앤 거예요? 대통령인가요?"

"아니. 그런 건 헌법재판소의 재판관님들이 결정해. 대통령은 왕이 아니니까."

헌법, 헌법재판소…… 초등학교 4학년 아이가 이해하기엔 어려운 단어들이 나오게 되니 형배는 그쯤에서 말을 돌렸다.

"너는 참 궁금한 것도 많고, 질문도 잘하는구나. 앞으로 뭐가 되고 싶어?"

"원래는 선생님이 되고 싶었는데요, 오늘부터 바뀌었어요. 판사님으로요."

내 딸의 맹랑한 얘기에 형배가 활짝 웃었다. 나의 엉뚱한 행동에 매번 웃어 주던 어릴 적 형배처럼.

"그럼 책부터 많이 읽어야겠네. 앞으로 어떤 사람이 되든 책을 많이 읽는 게 큰 도움이 되겠지만, 특히 판사는 많은 지식을 가져야 판결을 잘 내릴 수 있거든. 책이 너를 설명해 주고, 너를 더 크게 만들어 줄 거야."

"법에 대한 책을 많이 읽어야 하나요? 나는 지금 동화책이 더 좋은데……."

"어떤 책이든 좋아. 어떤 책에서든 하나라도 깨닫고 배울 수 있으니까. 판사는 무조건 법만 적용해서 판결하는 게 아니라 사실 관계부터 제대로 살펴야 하거든. 그 과정에서 사람들의 사연을 귀담아듣는 게 중요한데, 책을 통해 알게 된 것들이 진실을 판단하는 데 큰 도움이 돼. 우리가 모든 경험을 다 하고 살 수는 없으니까 책으로 간접 경험을 하는 거야."

그날, 아이를 통해서 시작된 책 이야기는 우리 두 사람의 대화로도 이어졌다. 어느새 친해진 아이들이 자기들끼리 종알거리는 동안 형배와 나는 커피를 마시면서 지난날들을 이야기했다. 나는 무엇보다도 형배의 대학 생활이 궁금했다.

"말도 마라. 서울에 갔더니 내가 세상 촌놈인 기라. 사투리야 말을 안 하면 숨길 수 있지만, 문화적인 경험이 적고 책도 다양하게 못 읽은 걸 깨달을 때면 얼마나 창피한지…… 어릴 때 좋아했던 『장 발장』도 알고 보니 『레 미제라블』이라는 대하소설의 일부분이었더라고."

"그때 대학생들이 데모도 많이 했잖아."

"맞아. 군부 독재 시대였으니까. 학생들이 시위를 하면 경찰은 최루탄을 쏘았는데…… 나는 도서관에서 공부만 했어. 최루탄 때문에 도서관에 앉은 내 얼굴에도 눈물이 막 흘러내리는데도…… 당장 뛰쳐나가 친구들과 함께 독재 타도를 외치고 싶었지만, 모든 판단을 유보하고, 시험공부만 했다. 친구들이 끌려가고 고문당하고 때로는 죽어갔는데도……."

"김장하 선생님 때문이었제? 아니, 김장하 선생님 덕분이었다고 해야 하나? 그래서 네가 일찍 고시에 합격하고 판사가 될 수 있었으니까……."

형배는 고개를 끄덕였다. 그 시절의 감정들이 다시 밀려오는지 길게 숨을 내쉬었다. 그리고 천천히 말하기 시작했다.

"『레 미제라블』은 프랑스 말로 '불쌍한 사람들'이라는 뜻인데, 그 소설의 배경인 19세기 프랑스처럼 우리나라도 그때 정치적으로나 사회적으로 혼란스러웠잖아. 프랑스 혁명은 그런 사연들 속에서 백 년에 걸쳐 서서히 완성되었어. 왕의 나라가 민중의 나라로 바뀌는 데 그렇게 오랜 시간이 필요했으니, 독재자의 나라가 완전한 국민의 나라로 바뀌는 데에도 긴 시간이 필요할 거라고 나는 생각했어. 빨리 사법시험에 합격해서 법관이 되면 내 역할을 할 수 있으리라 믿었지."

그리고 형배는 느티나무에 대해서 말했다. 방학을 맞아 서울에서 느린 열차를 타면 밤늦게 북천역에 도착했던 그 시절, 가로등도 없는 어두운 길을 한참 걸어 마을 입구에서 도착하면 제일 먼저 반겨 주던 느티나무.

여름 느티나무가 무수한 잎들을 바람에 흔들며 정겨운 소리를 낼 때는 반갑다는 인사처럼 들렸고, 겨울 느티나무가 환한 달빛 아래 가지를 드러낼 때는 두 팔 벌려 자신을 맞이해 주는 것 같았다고 했다. 나이 많은 느티나무가 고달픈 서울 생활도 다 알아 주는 것 같아서 마냥 위로가 되었다고도 했다.

"그때마다 나는 훌륭한 사람이 되겠다는 다짐을 했어. 혼란스러운 나라를 바꾸는 일에 당장 뛰어들지 못하는 만큼 더욱 훌륭한 사람이 되어야만 했어. 계속해서 장학금을 지원해 주시는 김장하 선생님께 보답하는 길은 그것뿐이라고 생각했으니까."

그리고 형배는 훌륭한 사람이 되지 못한 나의 이야기도 들어주었다. 쓰러지고 일어서고 또 쓰러졌다 일어난 나의 지난 이야기들을, 느티나무처럼 고요한 모습으로 귀 기울여 주었다. 그런 우리 옆에서 아이들은 봄날의 느티나무처럼 밝게 웃었다. 우리는 가을 느티나무처럼 지난날의 사연들을 노랗게 발갛게 주고받았다.

평균인, 헌법재판관이 되다

우리는 그날 헤어지며 연락처를 주고받았지만, 내가 먼저 연락을 하지는 않았다. 형배는 형배대로 곧 진주지원장으로 갔고, 이어서 부산고등법원과 창원재판부, 부산가정법원 법원장까지 쉴 틈 없이 바빴다. 그러니 형배로서는 당연한 일이었지만, 나로서는 어쩌면 일종의 자격지심이었을지도 모른다. 훌륭하게 성장한 친구에 비해 나의 인생은 너무도 미흡하다는 생각이 들었다. 나는 우선 내 앞에 주어진 식당 일을 열심히 해나갔을 뿐이었다.

그러면서 가끔 형배 이름을 인터넷에서 검색해 보면 변함없이 미담 기사가 올라오고 있었다. "법관과 법원은 국민에게 위임받는 권한으로 재판하고 존립한다"는 점을 강조하는 문형배 판사는 '강직하고 정의감이 강하다', '동네 아저씨같이 순박하고 인간적'이라는 평판을 받고 있었다. 진주지원장으로 있을 때는 지역 사회 강연이나 봉사 활동 등으로 지역 주민들로부터 신망을 받고 국민과 함께 하는 법원의 모습을 보여 주었다.

부산가정법원 법원장 취임식에서는 권위의 상징인 연단과 법원장 좌석을 없애고 직원들과 방청석에 앉았다가 취임사를 할 때만 앞으로 나갔다니 역시 형배다운 모습이었다. 출산 휴가 중인 판사를 대신해 조정 업무와 가족 관계 등록 업무를 직접하고 있다는 소식도 들려왔다.

법원장 취임 이후 전국 법원 가운데 처음으로 가정 폭력과 아동 학대에 관한 종합적인 대응 방안을 발표한 것도 역시 형배다웠다. '가정법원의 역할은 처벌이 아니라 피해자 보호와 가해자의 사회 복귀에 맞춰져야 한다'고 말하는 모습은 어릴 적에 『장 발장』을 함께 읽으면서 가졌던 의문과 생각들을 드디어 실천하는 것 같아서 반가웠다.

그리고 마침내 형배는 헌법재판관이 되었다. 6년 전이었다. 헌법재판관은 고위 공직자이므로 임명 전에 자격 검증을 위한 국회 인사청문회가 열렸는데, 그때부터 형배는 청렴성으로 큰 주목을 받았다. 지역 법원에서만 일하면서 돈보다 중요한 가치를 실현해온 법관답게 가장 적은 재산을 가진 헌법재판관 후보로 화제가 되었던 것이다. 형배는 청문회에서 '평균인'이라는 단어를 말했다.

"제가 결혼할 때, 평균인의 삶에서 벗어나지 않아야겠다는 다짐을 했습니다. 그런데 최근 통계에 따른 가구당 평균

재산보다는 조금 넘어선 것 같아 반성하고 있습니다."

다른 헌법재판관들에 비해서 재산이 너무 적은 것이 아니냐는 국회의원의 질문을 받자, 형배는 오히려 이렇게 반성하며 '평균인의 삶'을 말했다. 다른 법관이 아니라 일반 국민의 평균 재산과 비교를 하며 살아왔다는 것이 놀라웠다.

그리고 청문회에서 김장하 선생님을 언급한 것은 놀라움을 넘어선 감동이었다. 자기소개처럼 시작한 모두 발언에서 독지가 김장하 선생의 장학금 덕분에 학업을 마칠 수 있었다고 이야기한 것이다. 그러면서 한약업사인 선생이 지역의 교육, 문화예술 사업을 두루 지원한 일들도 소개한 뒤 이렇게 말했다.

"김장하 선생은 저에게 자유에 기초하여 부를 쌓고, 평등을 추구하여 불합리한 차별을 없애며, 박애로 공동체를 튼튼히 연결하는 것이 가능한 곳이 대한민국이라는 것을 몸소 깨우쳐 주셨습니다. 제가 사법시험에 합격하고 인사하러 간 자리에서 '내게 고마워할 필요는 없다. 나는 이 사회의 것을 너에게 주었으니 갚으려거든 내가 아니라 이 사회에 갚아라'고 하신 선생의 말씀을 한시도 저는 잊은 적이 없습니다."

김장하 선생님은 그렇게 오랜 세월 형배의 인생에 영향을 미쳐온 것이었다. 막연하게 생각했던 것보다 훨씬 더 훌륭한 분이셨던 김장하 선생님. 그리고 그분의 뜻을 잊지 않고 살아온 문형배. 두 사람이 걸어온 세월 앞에 저절로 고개가 숙여졌다.

"법관의 길을 걸어온 지난 27년 동안 한결같은 마음으로 대한민국 헌법의 숭고한 의지가 우리 사회에서 올바로 관철되는데 전력을 다했습니다. 그것만이 선생의 가르침대로 우리 사회에 진 빚을 조금이라도 갚을 수 있는 길이라 여기며 살아왔습니다. 지금까지 간직한 저의 초심은 언제나 변하지 않을 것입니다."

전국으로 생중계되는 헌법재판관 국회 인사청문회라는 중요한 자리에서 형배는 그렇게 다짐했다. 어쩌면 그것은 김장하 선생님의 선행을 세상에 널리 알린 최초의 일이기도 했을 것이다. 그로부터 4년 뒤, MBC 경남이 제작한 다큐멘터리 〈어른 김장하〉는 호평 속에 방송된 데 이어 극장판으로 개봉되어 큰 반향을 일으켰다.

다큐멘터리 〈어른 김장하〉에는 부산고등법원 문형배 부장판사가 등장한다. 헌법재판관 청문회보다 3개월 앞서 열렸던 선생님의 생일 축하 행사 장면이었다. 청문회에서도 이야기했던 '갚으려거든 내가 아니라 이 사회에 갚아라'고 하신 선생님의 말씀을 전하면서 형배는 울먹이며 가까스로 말을 이어갔다.

언론 인터뷰에 전혀 응하지 않았던 김장하 선생님의 인생을 영화는 그렇게 주변 인물들을 통해 드러내고 있었다. 그것은 내가 짐작했던 것보다 훨씬 더 크고 깊은 삶이어서 한동안 먹먹해질 수밖에 없었다. 기대 없이 베풀고 대가를 바라지 않는 삶. 선행을 드러내지도 않는 삶.

김장하 선생님의 나눔은 교육과 문화예술뿐만 아니라 언론, 여성, 인권, 환경 등 지역 사회의 거의 모든 부문에 닿아 있었다. 그리고 지금까지 김장하 장학금을 받은 사람은 1000명을 웃돈다고 했다. 그분의 말씀을 실천하는 것을 유일한 잣대로 살아왔다는 형배의 말이 비로소 이해가 되는 것 같았다.

특히 100억 원이 넘는 돈을 들여 진주 명신고등학교를 설립하고 8년 동안 운영하여 자리를 잡게 한 뒤, 국가에 헌납했다는 사연은 믿어지지 않았다. 그보다 더 믿기 힘든 것은 학교 이사장 시절에 자가용이 아니라 자전거를 타고 다녔다는 이야기였다. 넓은 이사장실도 필요 없다며 없애고 자전거로 학교에 나오는 이사장님이라니…… 상상해보면 정말 동화 같은 장면이었다.

다큐멘터리를 몇 번이나 다시 보며 김장하 선생님의 흔적을 따라가다 보니 그 모든 것이 동화처럼 여겨졌다. 어린아이처럼 순수한 마음이 없다면 어떻게 이런 일이 가능할까? 현실 속에 펼쳐지는 동화 같은 이야기에 빠져들면서 나는 형배가 눈물을 흘리는 장면에서 매번 함께 눈시울을 붉혔다.

"가난한 사람들, 아픈 사람들을 통해서 얻은 돈으로 내가 호의호식할 수는 없다. 나누어야 마땅하다."

김장하 선생님의 말씀 또한 매번 내 마음속에 깊고 진한 울림을 남겼다.

"이번엔 결정문이 좀 이해가 되네요. 7년 전에는 마지막에 '탄핵한다'만 알아들었는데……."

동화 속의 내 친구는 이제 대통령 탄핵 심판 주문을 선고하려고 한다. 우리의 정치 현실은 동화가 아니어서 여기에 이르기까지 너무나도 힘든 시간들이 이어졌다. 7년 전에 대통령을 탄핵했던 경험 때문인지 국민들은 이제 어려운 헌법 재판 결정문에 제법 익숙해진 듯도 하다.

'저 헌법재판관이 내 친구인데요, 어릴 때도 저렇게 어려운 공부를 알기 쉽게 잘 설명해줬어요.'

직원들에게 자랑스레 말하고 싶지만, 나는 꾹 참으며 TV 화면만 바라본다. 지금 읽고 있는 판결문은 헌법재판관들이 의견을 모아서 썼겠지만, 헌법재판소장 대행이라는 위치에서 형배의 역할은 막중했을 것이다. 헌법재판관은 원래 9명인데, 소장이 현재 공석인 상태라 8인 체제의 대표로 그에게 주어진 무거운 재판장의 자리였다.

낭독을 시작한 지 20분이 가까워 오는데도 형배는 여전히 무심한 듯 또박또박 결정문을 읽어가고 있다. 그러나 형배의 성격을 아는 나로서는 그가 얼마나 긴장하며 떨고 있을지 짐작이 된다. 물론 긴 세월이 지나는 동안 형배의 성격이 달라졌을 수도 있다. 야구장에서 마주친 이후로도 15년이 흘렀으니까.

"피청구인은 헌법과 법률을 위반하여 이 사건 계엄을 선포함으로써 국가긴급권 남용의 역사를 재현하여 국민을 충격에 빠트리고, 사회·경제·정치·외교 전 분야에 혼란을 야기하였습니다. 국민 모두의 대통령으로서 자신을 지지하는 국민을 초월하여 사회공동체를 통합시켜야 할 책무를 위반하였습니다."

지역 법관으로만 일했던 그 시절과 헌법재판소에서 6년 동안 일해온 지금은 과연 어떻게 달라졌을까? 문득, 형배를 직접 만나 확인하고 싶어진다.

"군경을 동원하여 국회 등 헌법 기관의 권한을 훼손하고 국민의 기본적 인권을 침해함으로써 헌법 수호의 책무를 저버리고 민주공화국의 주권자인 대한국민의 신임을 중대하게 배반하였습니다."

형배는 '대한국민'이라는 단어를 유독 또렷이 발음했다.

대한민국 헌법 전문의 주어이기도 한 '대한국민'. 그 단어가 지금만큼 무겁고 감동적으로 다가온 적이 있었을까? 왕의 시대가 아니라, 독재자의 시대가 아니라, 주권자인 국민 모두가 주인인 시대를 살고 있다는 사실을 거듭 확인하게 되는 단어였다.

"이에 재판관 전원의 일치된 의견으로 주문을 선고합니다. 탄핵 사건이므로 선고 시각을 확인하겠습니다. 지금 시각은 오전 11시 22분입니다. 주문, 피청구인 대통령 윤석열을 파면한다."

TV 앞에 둘러선 직원들 사이에서 박수가 터져 나온다. 결과에 아쉬움을 나타내며 주방으로 들어가는 직원도 있지만, 결정문이 워낙 설득력 있어서 그런지 별다른 말을 하지는 않는다.

우리가 평소에 의식하지 않고 살았던 헌법은, 이렇게 중요한 순간에 커다란 결정을 내려 주기 위해 묵묵히 서 있는 커다란 나무 같다는 생각이 든다. 어느 마을에나 한 그루쯤 존재하는 오래된 느티나무처럼, 법이란 어쩌면 늘 이렇게 조용히 곁에 있어 주는 마음이 아닌가 싶다.

"역시, 대한민국은 민주공화국이야!"

누군가 헌법 제1조 제1항을 크게 외쳤다. 이어지는 제2항을 나는 나지막이 중얼거려 본다. 각자 자신의 자리로 돌아가 다시 바쁘게 움직이는 직원들을 바라보면서.

'대한민국의 주권은 국민에게 있고, 모든 권력은 국민으로부터 나온다.'

지금 시각은

오전 11시 22분입니다.

주문, 피청구인 대통령 윤석열을 파면한다.

민들레 꽃씨처럼

이후로 헌법재판소와 대통령 탄핵에 대한 기사가 쏟아져 나왔다. 나는 애써 형배의 이름을 검색하지 않아도 인터넷을 통해 그의 근황을 알 수 있었다. 대중은 소셜 미디어로, 전문가들은 기사나 칼럼으로, 법학자들은 성명서 발표로, 저마다 탄핵 결정문에 대해 찬사를 보냈다. 다시 듣고 읽어보아도 역시 치밀하고 감동적인 문장들이었다.

그날 형배가 낭독한 '탄핵 심판 결정문'은 전문이 아니라 요지였다. 헌법재판소 홈페이지에 공개된 전문은 A4 용지로 114페이지 분량이었다. 엄청난 길이였고 내용 또한 어려웠다. 그것을 국민의 눈높이에 맞춰 요약하는 것은 보통 일이 아니었을 것이다. 법의 언어가 국민 가까이 다가갈 수 있도록 노력한 헌법재판관들에게 경의가 솟아올랐다.

결정문에 담긴 설득과 통합의 의지는 탄핵에 반대했던 사람들까지도 끌어안았다. 선고가 너무 늦어진다고 불평했던 사람들은 이런 결정문에 도달하기 위해 시간이 걸렸던 것으로 이해하며 오히려 칭찬을 했다. 여전히 다른 의견들이 나올지라도 큰 충돌 없이 세상은 다시 돌아가기 시작했다.

헌법이라는 커다란 나무 그늘 아래서 자유롭게 대화하는 사람들 사이에서 나는 모성마을 입구의 오래된 느티나무를 자주 생각했다. 하동군 북천면을, 그리고 그곳에서 함께 자랐던 어린 시절의 형배를, 수시로 떠올렸다.

그러한 관심 속에서 김장하 선생님과 형배의 인연도 다시 조명되었다. 특히, 다큐 영화 〈어른 김장하〉가 1년 6개월 만에 재개봉된 것은 정말 훈훈한 일이었다. 영화에도 나오듯 선생님께서는 평소 "돈이라는 게 똥하고 똑같아서 모아 놓으면 악취가 진동을 하는데 밭에 골고루 뿌려 놓으면 좋은 거름이 된다"고 말씀하셨다. 그 거름이 얼마나 많은 꽃을 피우고 열매를 맺게 했는지 더 많은 사람들이 알게 되어 다행이었다.

나의 딸이 어릴 때 좋아했던 『강아지 똥』이라는 동화도 그런 내용을 담고 있었다. 쓸모없어 보였던 강아지 똥이 민들레를 꽃 피게 하는 이야기…… 김장하 선생님의 나눔 또한 그러해서 수많은 민들레를 꽃 피웠고, 꽃이 진 자리에서는 씨앗들이 동그랗게 하얀 깃털과 함께 뭉쳐졌다. 바람이 불면, 그 꽃씨들은 깃털과 함께 날아오른다. 더 멀리 날아가서 더 많은 민들레 씨앗을 퍼뜨릴 수 있도록.

김장하 선생님의 뜻을 이어가는 제자들과 지역민들은 선

생님의 마음을 고스란히 세상에 전하기 위해서 더욱 가벼워
져야 했을 것이다. 선생님 같은 순수함을 잃지 않고, 더 멀리
날아가기 위해서…… 형배가 선택한 청렴한 삶도 그러한 가
벼움의 한 방법이었을 것이다.

탄핵 선고 2주 뒤에는 형배의 퇴임식 기사가 뉴스에 올라
왔다.

"저는 이제 시민의 한 사람으로 돌아가서 제 나름의 방식
으로 헌법재판소를 응원하겠습니다."

헌법재판소를 떠나며 인사하는 형배가 테니스 동호회 동
료들부터 고교 동창들까지 챙기는 영상을 보면서 이제는 그
에게 연락할 수 있겠다는 생각이 들었다. 형배가 헌법재판관
인사청문회 때 언급했던 '평균인'이라는 단어가 새삼스럽게
힘을 주었다. 그가 말한 평균인의 삶을 사는 보통 사람으로
서 나는 형배를 만나고 싶었다.

새롭게 확장 이전한 식당이 나날이 번창하고 있는 중이라
서 나도 이만하면 잘살고 있다는 자부심도 있었다. 오래전에
저장해 놓았던 형배의 전화번호는 다행히 그대로였다. 느닷
없는 나의 전화에 무심히 대답하는 목소리도 그대로였다. 나
는 형배에게 하동에서 만나자고 했다.

"우리 옛날에 다녔던 북천역이 아직도 있는 거 아나? 그 옆에 새로 생긴 북천역 말고 옛날 북천역으로 와라. 옛날 기찻길로 레일바이크도 탈 수 있다."

"레일바이크까지 생겼나? 기차길 따라서 코스모스 축제가 유명해진 건 아는데…… 하동도 인자 여행 삼아 갈 만해졌네."

야구장에서 만났던 날, 연락처를 알려 주면서 형배는 하동에 한 번 같이 가자고 했었다.

"그래, 아아들 델꼬 옛날처럼 진주에서 기차 타고 북천까지 가는 거도 재밌겠네."

그때 나는 그렇게 말하며 흔쾌히 약속했었다. 하지만 세월이 쏜살같이 흘러 고속 열차가 생기면서 기찻길도 바뀌고 아이들은 다 커서 객지로 나갔으니, 우리는 둘이서만 북천역에서 만나기로 했다. 이제는 레일바이크 매표소로 쓰이는 옛 북천역, 철길 위에 멈춰서서 카페로 변신한 열차 안에서.

"잘 지냈제? 니 덕분에 나도 잘 지냈다."

형배는 목소리뿐만 아니라 얼굴도 그대로였다. 다만, 헌법재판관 취임식 때까지는 검었던 머리가 6년 만에 희끗희끗해져 있었다.

"뭐가 내 덕분이고? 니 덕분에 우리 대한국민이 평화를 되찾았지."

나는 반갑게 형배의 어깨를 두드리며 말했다.

"아니다. 어릴 때부터 니는 내한테 뭐든 잘 될 거라고 용기를 줬잖아. 항상 뭔가 방법이 있을 거라고 했지. 그 말은 지금까지도 힘들고 복잡한 일이 생길 때마다 내 불안을 없애 주고 인내심을 불러 주었어."

내가 그런 말을 했던가…… 그런데 왜 나는 그 말을 지난 세월 동안 나 자신에게는 해 주지 못했을까?

"그리고 책도 빌려 주고, 고기반찬도 갖다 주고, 노래도 대신 불러 주고……."
"노래만 불렀나? 춤도 추느라 힘들었다."

괜히 눈시울이 뜨거워져서 농담으로 눙치는데 문득, 행복이라는 단어가 떠오른다. 탄핵 재판이 이어지는 동안 찾아봤던 헌법에서 가장 인상적이었던 건, 제10조의 '모든 국민은 인간으로서의 존엄과 가치를 가지며, 행복을 추구할 권리를 가진다'라는 문장이었다. 차가운 법조문에서 만난 '행복'이라

는 단어는 따뜻했지만 추상적이었다. 그런데 지금은 '행복'이
아주 구체적으로 느껴진다.

"교복 이름표 땜에 놀림 받을 때도 내가 막아줬잖아. 요즘
그 졸업 사진이 화제더라."

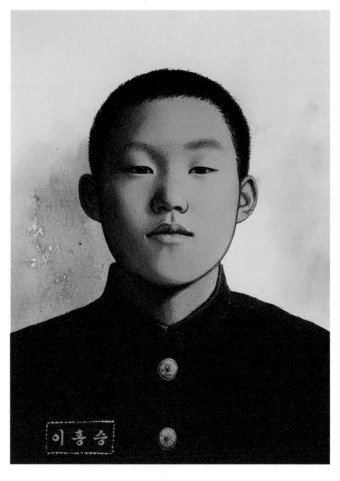

문 형 배

내친김에 중학교 때 일도 생색을 내본다. 다른 사람 이름의 이름표가 달린 교복을 입은 형배의 사진은, 헌법재판관 인사청문회에서의 발언과 맞물려 미담으로 회자되고 있었다. 낡은 교복과 교과서일망정 물려받을 친척이 있어 중학교를 졸업할 수 있었다고 말했던……

"북천중학교가 없어졌다던데 앨범은 우찌 구했나 몰라."

쑥스러워하는 형배에게 나는 설명한다.

"학교 세 개를 합치면서 역사관을 만들었다더라. 북천중학교는 생태 공원으로 만들어서 아직 그대로 있다고 하고."
"아직 있다고? 건물도?"
"그렇지 않을까? 한번 가볼래?"

북천중학교는 그대로 있었다. 공원으로 바뀌긴 했지만, 운동장도 학교 건물도 교문 위치도 그대로였다. 바로 옆의 북천초등학교도 그대로 있었다. 그곳에는 지금도 아이들이 공부를 하고 있었다. 운동장에서 체육 수업을 받고 있는 아이들도 보였다.

"우리 신흥국민학교가 없어지면서 여기로 통합되었다던데…… 그러니까 저 애들은 우리 후배겠네."

내 말에 형배는 아이들의 모습을 한동안 바라보았다. 나는 공원 입구의 표지판을 오래도록 바라보았다. '하동 나림-지리산의 어떤 숲'이라 적혀 있는.

놀랍게도 이 공원의 이름은 이병주 작가의 호인 '나림(那林, 어떤 숲)'이었다. 나는 탄식하듯 말했다.

"신화 같은 소설을 쓰겠다고 약속했는데, 나는 지금 식당에서 밥이나 팔고 있네. 우짜면 좋노……."

"우짜기는? 지금부터 쓰면 되지. 그리고 밥이나 판다고 말하지 마라. 밥이 얼마나 중요한데…… 사람들이 밥 먹고 살기 위해 하는 일은 전부 다 중요하다. 김장하 장학생 중에, 특별한 인물이 못 돼서 죄송하다고 말한 사람이 있었거든. 선생님께서는, 그런 걸 바란 게 아니라고, 우리 사회는 평범한 사람들이 지탱하고 있는 거라고 말씀하셨어."

"그래, 이번에 국회 앞이나 광화문 앞에서 우리는 확인했지. 평범한 사람들이 이 나라를 지탱하고 있다는 걸…… 그런데 형배 니도 '평균인'을 강조했잖아. 선생님 제자답네."

"아, 그건 몽테스키외의 『법의 정신』에 나오는 얘기야. 재판관과 피고가 같은 계급이어야 한다고…… 계급이란 말을 요즘 세상에 적용한다면 '같은 세계에 사는 사람'이라고 할 수 있겠지. 자본주의 사회에서는 일단 재산이 많아지면 평균인의 세계로부터 멀어질 거야. 그렇게 멀어진 재판관이 내린 판결은 설득력을 잃게 될 테고."

"역시 책에서 얻은 생각이었구나. 책밖에 모르던 형배답다."

힐링 센터로 리모델링한 건물 앞에는 세부 배치도가 있어서 작은 도서관, 작은 영화관, 도예 체험실, 공동체 부엌 등이 자리 잡고 있음을 알려 주고 있었다. 예전의 교실들이 어떻게 변했는지 궁금해서 배치도를 자세히 살펴보는데 형배가 나지막한 목소리로 감탄하듯 말했다.

"도서관도 있네!"

그리고 성큼성큼 걸어가는 형배의 뒤를 따라 작은 도서관으로 들어가니, 교실 두 개를 터서 넓게 만든 곳에 책들이 있었다. 그 시절에 우리가 그토록 읽고 싶었으나 구하기 어려웠던 책들이, 교무실 한쪽 책꽂이에서 애써 빌려와야 했던 책들이 책장마다 가득했다. 그 책들을 편하게 읽을 수 있는 넓은 책상과 의자들도 놓여 있었다.

"지리산의 어떤 숲은 책의 숲이었구나. 우리 후배들은 좋겠다."

말하면서 돌아보는데 형배가 소매 끝으로 눈물을 닦고 있었다. 이해할 수 있는 눈물이었다.

"니 지금 우나? 다큐 영화에서도 그렇게 울더니만……."
"내가 원래 잘 운다. 옛날 생각나면 더 그렇다."

눈물을 흘린 게 민망했는지 형배는 얼른 안경을 고쳐 쓰며 덧붙여 말했다.

"우리 동네에 한번 가볼까? 옛날처럼 걸어서."
"거는 머 할라꼬. 신홍국민학교 건물도 없어졌고, 느그 부모님도 인자 안 계신데……."

도망치듯 떠나왔던 고향을 생각하니 저절로 고향 말이 짙어졌다. 형배도 마찬가지였다.

"그래도 정자나무가 있다 아이가!"

봄의 느티나무를 향해

우리는 느티나무를 향해 걷는다. 어린 시절을 향해 걷는다. 그때의 꿈과 희망을 향해 걷는다. 그때의 신작로는 말끔한 도로로 변했지만, 산과 들과 하늘은 변함이 없다.

"알겠지? 지금부터 쓰는 거다. 니 옛날에 김장하 선생님 같은 주인공으로 소설 쓰고 싶다고 안 했나? 지금부터라도 쓰면 되는 거다."

"형배 니 덕분에 김장하 선생님이 많이 알려져서 이제 나는 쓸 필요가 없겠더라. 그리고 그때 막연히 생각했던 것보다 선생님이 너무 훌륭한 분이라서…… 나는 좀 더 평범한 사람들 이야기를 쓰고 싶거든."

"우리 하동을 무대로 한 소설들이 많지. 화개면의 화개장터는 김동리의 『역마』에 나오고, 악양면의 평사리는 박경리의 『토지』에 나오고…… 북천면도 이제 소설에 등장해야 안 되겠나?"

"맞다. 떠들썩한 장터나 넓은 평야는 없지만, 평범하니까 오히려 더 공감이 가는 이야기가 나올 수 있을 거다. 북천면, 하면 모성마을 아니겠나? 모성마을의 문형배 이야기부터 써볼까?"

나는 괜히 큰소리쳐 본다. 뜻밖의 격려에 어색해진 탓이다. 그러자 형배는 뜻밖의 제안을 한다.

"너의 이야기를 써봐. 별것도 아닌 내 얘기는 이미 다 알려졌으니까…… 니가 그동안 어떻게 살아왔는지, 정말 궁금하다."

그게 왜 궁금할까? 평범하지만 위대한 이야기를 써보고 싶은데, 나는 평범에서 그쳐버린 사람이다. 그러니 아무 말도 못 하고 먼 하늘만 쳐다보며 걸을 수밖에.

"나도 이제부터 진짜 내가 하고 싶은 일을 해보려고 한다. 김장하 선생님이 말씀하셨던, 내가 받은 것을 사회에 돌려주는 일을 구체적으로 고민하고 있는 중이야. 받은 것을 다 갚지는 못하더라도 최소한 그분께 부끄럽지는 않게 살아가려고 해."
"퇴임 후에 영리 목적의 변호사 개업은 하지 않겠다고 청문회에서 얘기했었지? 니 그거 혹시, 아직도 말을 잘 못 해서 그런 거 아니가?"

"우찌 알았지?"

웃기지도 않는 내 농담을 받아 주는 형배가 고맙다. 나는 신이 나서 옛이야기들을 늘어놓으며 걷는다.

"앞에 나가면 노래 한 곡도 제대로 못 불렀던 거, 내가 똑똑히 기억하거든. 그런데 그 중요한 자리에서 결정문 낭독은 참 잘하더라. 니가 원래 수업 시간에 교과서 읽는 건 잘했었지. 책을 읽을 땐 딴사람이 되는 것 같았어."

"내가 이제 노래도 잘한다. 법원 체육 대회 때 백 명도 넘는 사람들 앞에서 판사실 대표로 노래를 부른 적도 있어."

"그래? 어떻게 고친 거야?"

"군대에서 성격이 많이 바뀌었지."

믿어지지 않지만 믿어 주기로 한다. 세월은 많은 것을 바꾸어 놓곤 하니까. 우리가 지금 걷고 있는 이 길도 지나치게 반듯하게 바뀌었다. 하지만 주변의 자연 풍경을 비롯해서 변함없는 것들은 여전히 변함이 없다.

"사법연수원 때까지는 인권 변호사를 하려고 야학에서 노동법 강의도 하고 노동 상담소에 다니기도 했어. 군대에서 성격까지 바뀌니까 더 잘할 수 있을 것 같았지. 그런데 제대할 때가 되니까, 뭔가를 결정하고 책임지는 일을 하고 싶다는 생각이 들더라. 문제 제기가 아니라 문제 해결을 해보고 싶었달까? 그사이에 시대도 변해서, 내가 생각하는 대로 판사 역할을 제대로 할 수 있을 것 같았지."

"법조 분야에 대해서 내가 뭘 알겠노? 어쨌든 문형배는 판사가 제일 어울린다. 특히 향토 판사였을 때 최고였지. 참 잘했다, 형배야!"

"잘 했제? 고향 근처에 머물면서 내 뜻대로 내가 감당할 수 있는 일을 하자고 생각했는데…… 고향 친구한테 칭찬받는 게 제일 기분 좋네."

"법을 잘 모르는 사람들한테 상담만 해줘도 큰 도움이 될 테니까 앞으로 니가 할 수 있는 일은 많을 거다. 요즘 애들은 어릴 때부터 알바를 하면서 사회생활을 시작하는데, 근로 계약서 쓰는 법도 잘 모르고 문제가 많더라."

"그래. 법 때문에 억울한 사람이 없으려면 모두가 법을 공부하는 게 제일 좋으니까, 그걸 어떻게든 돕고 싶다. 기초적인 생활법률 강좌부터 헌법에 대한 강의까지 여러 방법이 있겠지. 계속 궁리하고 있는 중이다. 모두가 법에 가까워질 수 있게…… 법이 항상 든든하게 옆을 지킬 수 있게……."

그렇게 말하는 형배가 한 그루의 느티나무처럼 보인다. 어린 시절에 우리가 항상 마음 편하게 기댈 수 있었던 느티나무처럼. 김장하 선생님처럼. 나도 그렇게 누군가의 곁에서 힘이 되는 한 그루의 느티나무가 되고 싶다.

고향 마을이 점점 다가오고 있다. 형배는 내일 김장하 선생님을 만난다고 했다. 한 번도 직접적으로 뭔가를 하라고 지시한 적은 없지만, 그동안 살아오신 삶 자체로 하나의 지침이 되어 주셨다는 선생님.

"탄핵 재판 중에 통화했던 얘기도 기사에 나왔더라. 단디 해라, 한 말씀만 하셨다며?"

"맞다. 원래 말씀을 길게 하지 않으셔. 분기마다 장학금 받으러 가면 '왔나?' 한 말씀만 하시고, 서랍 열어 돈을 꺼내 말없이 건네주셨지. 그게 돈이었을까? 나는 그게 돈이 아니라고 생각한다. 선생님께서 평생 한약재를 썰면서 쌓아온 마음, 한약 냄새와 함께 내게로 온 마음, 앞으로도 내가 세상에 계속 갚아야 할 마음이지."

"계엄에 놀란 시민들이 전국에서 집회를 벌일 때, 김장하 선생님께서도 진주 시민 집회에 나오셨다더라. 탄핵 선고가 내려진 날에는 '지난 4개월 동안 온 국민이 너무도 가슴을 졸여왔다. 이제야 비로소 민주주의의 상식이 지켜진 것'이라고 말씀하셨대. 내일 찾아뵈면 정말 좋아하실 거야."

"그분이 어떤 분이냐면, 내가 진주에 지원장으로 왔을 때 식사를 대접하려고 해도 계속 거절하셨어. 공직자한테 밥을 얻어먹으면 안 된다고…… 진주지원 떠나면서 겨우 매운탕

한 그릇 대접했는데, 그게 내가 처음으로 선생님께 밥을 사 드린 거였어. 이제 공직에서 물러났으니 자주 식사를 함께해 야지."

"사람들이 김장하 선생님을 문형배의 스승이라고 하던데, 나는 은인이라고 생각했거든. 그런데 오늘 얘기를 듣다 보니 스승이 맞다는 생각이 드네. 공부만 가르치는 스승과 비교할 수 없는 삶의 스승! 그리고 그 가르침을 실천하는 제자 문형 배……."

이번에는 형배가 한동안 말없이 걷는다. 자신을 통해서 스승이 세상에 더욱 알려진 만큼 제자로서 행동도 조심스러 울 것이고 책임감으로 어깨도 무거울 것이다. 나는 분위기를 바꾸려고 목소리를 띄워본다.

"참, 형배야! 우리 딸 로스쿨 갔다. 니한테 영향을 받은 덕 분이다. 야구장에서 봤던 때 기억하지?"

"그럼, 기억하고말고. 그때도 그렇게 똘똘하게 질문을 하 더니…… 나보다 아빠한테 더 영향을 받았겠지. 부모가 성실 하게 살아가는 모습보다 더한 영향력은 없다."

"뭐 어쨌든 날 닮아서 말도 잘하고 외향적이라 그런지 변 호사를 꿈꾸고 있다. 식당이 자리 잡을 때까지 많이 힘들었 는데, 그래도 그 녀석 얼굴 보면서 열심히 일하긴 했다. 그게 얼마나 영향을 줬는지는 모르겠지만……."

"그렇네. 역시 스승을 넘어서는 제자는 없나 보다."

우리는 유쾌하게 웃으며 발걸음을 재촉한다. 문형배가 내 친구라고, 이제는 누구에게든 당당히 말할 수 있겠다. 이렇게 즐겁게 오래 함께 걷는 친구라고, 만나지 못할 때에도 계속 함께 걸어왔던 친구라고.

"행배야, 노래 하나 불러도. 진짜 끝까지 잘 부르는지 한번 확인해 보자."
"저 푸른 초원 위에! 그림 같은 집을 짓고!"

머뭇거리지도 않고 곧바로 씩씩하게 노래하는 형배와 함께 나는 걷는다. 그리운 느티나무를 향해 걷는다.

'그래, 우리 잘살아왔다. 계속해서 잘 살자, 우리.'
노래하는 형배를 향해 나는 중얼거리듯 말했다. 살아 있는 한 힘껏, 하루하루를 살아가야 한다. 힘들고 가난했던 날들도 잊지 않으면서. 그 의미까지도 기억하면서. 서로를 잊지 않으면서. 실패해도 다시 일어서면서. 지금까지 그래왔듯이 또 계속해서 걸어가는 거다.

나는 느티나무에 대해서 안다. 여름의 무성한 잎새들과 겨울의 멋진 가지들에 대해서 안다. 봄의 여린 잎새들은 가을엔

아름다운 낙엽이 된다. 우리는 지금 그 계절의 어디쯤에 와 있을까? 분명한 것은, 이제 우리가 만나게 될 느티나무는 내가 가장 좋아하는 봄의 신록을 보여줄 것이라는 사실이다.

발행일
초판 1쇄 2025년 6월 3일

지은이   고은주
그림   김우현
펴낸이   김종해
펴낸곳   문학세계사
출판등록   1979. 5. 16. 제21-108호

주소   서울시 마포구 신수로 59-1(04087)
대표전화   02-702-1800
팩스   02-702-0084
이메일   munse_books@naver.com
홈페이지   www.msp21.co.kr

ISBN 979-11-93001-69-1 (03810)